Maja – die im Rollstuhl

Renate Baum

MAJA – DIE IM ROLLSTUHL

Eine Mut-mach-Geschichte

Bibliografische Information der Deutschen Natio-
nalbibliothek: Die Deutsche Nationalbibliothek ver-
zeichnet diese Publikation in der Deutschen Natio-
nalbibliografie; detaillierte bibliografische Daten
sind im Internet über http://dnb.dnb.de abrufbar.

© 2017 Renate Baum

Herstellung und Verlag:
BoD – Books on Demand, Norderstedt

ISBN: 978-3-744870771

1.

Als die Tür sich öffnet, passiert erst mal gar nichts. Nur ein leises, hohes Sirren. Wie von einem wildgewordenen Insekt.

Und dann ist sie da. Ein Märchenbuchgesicht, denkt Markus. Komisch. Wieso fällt ihm ausgerechnet das Märchenbuch aus seinen Kindertagen ein?

Braune Locken. Dunkelblaue Augen. Die Wangen leicht gerötet ... Ja, jetzt weiß Markus, was ihn an das Märchenbuch erinnert. Genau so hat Rosenrot auf dem ganzseitigen Bild ausgesehen. Neben ihrer Schwester Schneeweißchen.

Nur - Rosenrot saß nicht im Rollstuhl.

„So, könnt ihr bitte mal eure wichtigen Diskussionen bis zur nächsten Pause verschieben", beginnt Frau Siegert, die Klassenlehrerin. Klatscht in die Hände. Ein bewährtes Mittel, um sich Gehör zu verschaffen. „Das ist Maja Simon, eure neue Mitschülerin. Sie ist zwar ziemlich selbständig. Trotzdem wird sie ab und zu Hilfe brauchen, und es wäre schön, wenn ihr sie dann unterstützen könntet."

Zu Maja gewandt, fährt Frau Siegert fort: „Ich denke, du kannst dich gleich hier vorne neben Karen setzen, Maja."

Aber Maja sitzt ja schon. Als Frau Siegert ihren Irrtum bemerkt, wird sie ein bisschen rot. Lächelt verlegen und sagt: „Na ja, ich meine, du kannst hier den Platz neben Karen nehmen."

Jetzt lächelt auch Maja. Aber gar nicht verlegen. Ganz offen. Fröhlich.

„Ja, ich glaube, das wird gehen", sagt sie. Manövriert den Rollstuhl geschickt zum Tisch, bis sie ebenso wie Karen direkt davor sitzt. Jetzt fällt sie fast gar nicht mehr auf zwischen den anderen. Ist einfach ein Mädchen auf einem besonderen Stuhl.

2.

In der Pause haben es alle eilig hinauszukommen auf den Hof. Maja bemerkt sehr wohl, dass die meisten sie im Vorübergehen flüchtig mustern. Aber wenn sie aufschaut, wenden sich die neugierigen Augen rasch ab. Das kennt sie zur

Genüge. Die meisten Menschen reagieren erst einmal so. Erst einmal. Wenn sie Maja kennen, ändert sich das.

Karen bleibt neben Maja sitzen.

„Hallo, Maja. Ich bin Karen. Das weißt du ja schon." Karen reicht der Neuen zur Begrüßung die Hand. Die zeigt wieder ihr offenes Lächeln. Ihr Händedruck ist warm und fest.

Und dann erfährt Karen, dass Maja erst seit kurzem in dieser Stadt lebt. Seit den großen Ferien. Ihr Vater hat eine Stellung als Wissenschaftler in einem Forschungsinstitut angenommen. Maja und ihre Mutter haben erst protestiert. Wollten nicht umziehen. Wollten nicht herausgerissen werden aus der gewohnten Umgebung: Maja aus der Schule, die Mutter aus ihrem beruflichen Umfeld und beide aus einem festen Freundeskreis. Natürlich vermisst Maja die Freunde. Die ungezwungenen, fröhlichen Treffen am Nachmittag. Die gemeinsamen Unternehmungen am Wochenende. „Ich wusste ja nicht, was mich hier erwartet. Vielleicht findet die Klasse eine im Rollstuhl blöd. Oder weiß nicht damit umzugehen – wie so viele Leute. Die schnell weggucken, wenn sie mich sehen. Oder

die gleich das große Mitleid in die Augen bekommen. Zum Glück hab ich noch Anna. Meine
beste Freundin dort. Jetzt können wir natürlich
nur telefonieren oder simsen. Aber sie ist immer
für mich da – und ich für sie."

Karen interessiert noch etwas. Sie ist unsicher,
soll sie Maja fragen oder gehört sich das nicht.
Ihre Mutter würde das vielleicht für ein bisschen „taktlos" halten. Karen möchte es trotzdem wissen:

„Darf ich dich mal was fragen, Maja?"

„Ja. Klar."

„Wie ist denn das passiert? Ich meine, das mit
dem Rollstuhl."

„Ich bin auf die Straße gelaufen, ohne nach
links oder rechts zu sehen. Drüben auf der anderen Seite stand eine Freundin, der ich unbedingt
was sagen wollte. Und dann kam da dieses
Auto."

Maja versucht ein Lächeln. Aber diesmal gerät
es ein wenig schief.

„Und wann ist das passiert?"

„Vor gut einem Jahr."

„Hat es sehr weh getan?"

„Nein, gar nicht. Ich habe gar nichts mitbekommen. Ich war ohnmächtig. Als ich aufgewacht bin, war ich schon im Krankenhaus."

„Und wirst du nie wieder laufen können?"

„Nein, da müsste schon ein Wunder geschehen."

„Du bist gar nicht traurig. Macht es dir nichts aus? Nicht laufen zu können, nicht schwimmen, nicht tanzen, nicht Schlittschuh laufen, na, was weiß ich, nichts eben."

Maja sagt eine ganze Weile gar nichts. Schaut an Karen vorbei aus dem Fenster. Dann sieht sie Karen fest in die Augen.

„Doch, es macht mir was aus. Sehr viel sogar. Ich hab mir alles vermasselt. Bis an mein Lebensende. Aber soll ich jetzt dauernd dasitzen und heulen und mein Schicksal oder besser: meine Dummheit verfluchen? Ich muss doch versuchen, damit fertig zu werden. Ich hatte so viele Pläne und die meisten will ich immer noch verwirklichen. Trotzdem. Aber dafür muss ich mich anstrengen. Mehr als andere. Da bleibt keine Zeit zum Traurigsein."

„Was hast du denn für Pläne?"

„Na, Pläne wie ihr alle wahrscheinlich auch – Abi machen, studieren, einen tollen Job und eine eigene Familie haben. Nur dass das für mich alles ein bisschen schwieriger sein wird als für euch. Aber ich weiß, ich werde es schaffen. Ganz bestimmt."

Karen starrt auf die beschriebenen Blätter auf dem Tisch, ohne sie zu sehen. Nach einer Weile hebt sie den Blick und sagt:

„Ich wäre gern deine Freundin, Maja. Meinst du, das ist möglich?"

„Aber ja!" Man hört Majas Stimme die Freude an. „Ja, natürlich. Das wäre schön. – Aber jetzt zeig mir bitte erst mal, wo die Toiletten sind."

3.

„'ne Behinderte in unserer Klasse! Was will die hier?" Sven stopft wütend die Fäuste in die Taschen seiner Jeansjacke. „So was hat uns grade noch gefehlt. So was gehört woanders hin. In ein Heim oder 'ne Behindertenschule."

„Nicht so laut!", zischt Torsten. „Die Siegert hat Aufsicht. Sie steht gleich hinter uns. Die kann dich hören."

„Na, wenn schon. Soll sie ruhig. Is' mir doch egal!"

Sven reckt den Kopf. Die hellen Haarstoppeln glitzern in der Sonne.

„Na ja, die wird sowieso nicht lange bleiben. Das schafft die nie. Hier das Abi zu machen. Im Rollstuhl."

„Warum denn nicht?", wagt Torsten zu widersprechen. „Die ist doch nicht blöd. Sie sitzt doch nur im Rollstuhl."

„Wirst schon sehen, was passiert. Die wird hier nicht alt."

Träge schlendern die beiden zum Schultor zurück, wo sich die Jüngeren schon drängeln. Die Pause ist zu Ende.

Auf dem Gang begegnen sie Karen und Maja. Die wollen gerade in die Klasse. Maja lenkt ihren Rollstuhl langsam in die Kurve. Da prescht Sven vor und tritt kurz, aber heftig gegen das Rad des Stuhls. Maja zuckt zusammen und blickt erstaunt in Svens Gesicht. Wut sieht sie darin. Und Hass. Sie selbst ist jetzt ganz ruhig. „Warum tust du das?", fragt sie den Jungen fast freundlich. Sie versteht nicht, was er gegen sie hat. Er kennt sie doch noch gar nicht.

„Weil du nicht hierher gehörst! Behinderte haben hier nichts zu suchen!"

„Und warum nicht?"

Brüsk wendet sich Sven ab. Und ohne noch ein Wort zu sagen, geht er zu seinem Platz.

„Kümmer dich gar nicht um den!" sagt Karen. Sie hat die Szene mit weit geöffneten Augen verfolgt. „Der Sven ist der Chaot der Klasse. Immer muss er stänkern. Jetzt hat er offenbar in dir ein neues Opfer gefunden. Ich weiß nicht, warum der so ist. Er lässt keinen an sich ran."

Noch jemand hat beobachtet, was da gerade abgelaufen ist. Markus geht auf Maja zu. Reicht ihr die Hand:

„Hallo Maja, ich bin Markus. Schön, dass du zu uns gekommen bist. Und wenn du Hilfe brauchst," – er deutet in Svens Richtung – „dann sag mir Bescheid."

„Danke, das ist nett von dir, Markus. Aber ich denke, ich werde allein mit diesem Problemchen fertig. Es ist ja nicht das erste Mal, dass ich solche Sprüche zu hören bekomme. Sollte es allerdings über Sprüche hinausgehen, werde ich gern auf dein Angebot zurückkommen." Maja schaut zu Markus hoch. Auf ihrem Gesicht erscheint das unwiderstehliche Lächeln.

Markus kann sich gar nicht von diesem „Rosenrot"-Gesicht lösen. Wie angewurzelt steht er vor dem Mädchen im Rollstuhl. Fühlt, wie ihm Röte in die Wangen steigt. Peinlich ist das. Aber es ist ihm egal.

„Markus, lässt du jetzt bitte Maja mal an ihren Platz fahren." Karens Stimme holt Markus aus seinem Märchen zurück.

„Oh, Verzeihung - natürlich!" Markus muss lachen. Und Maja und Karen stimmen in das Lachen ein. „Bis später dann!", sagt Markus noch und gibt den Weg frei. „Ja, bis später!"

4.

Als Sven nach Hause kommt, empfängt ihn seine Mutter. Mit deutlichem Ärger in der Stimme.

„Wo bleibst du denn, Sven? Ich warte schon seit einer Stunde auf dich. Du musst auf Lisa aufpassen. Ich will noch ein paar Sachen einkaufen."

„Ich bin ein bisschen rumgelaufen. Einfach so. Kann ich nicht einkaufen gehen?"

„Nein, ich will nach einer warmen Jacke für Lisa gucken. Das muss ich schon selber machen. Und du könntest auch mal wieder einen neuen Pullover brauchen. Vielleicht gibt's ja was im Angebot. Viel Geld hab ich nicht, dein Vater hat den Unterhalt noch nicht überwiesen. Aber vielleicht finde ich ja was Preiswertes."

„Und ich soll wieder die ganze Zeit bei Lisa bleiben?", fragt Sven ungehalten.

„Ja, natürlich. Du weißt doch, dass sie nicht allein bleiben kann."

Ja, natürlich. Das „Mongölchen", wie Vater sie bei seinen seltenen Besuchen zu Hause nennt. Das „Mongölchen" darf nicht allein bleiben. Es könntc ja sonst was passieren. Wer weiß, was es anstellt. Und er, Sven, darf den Aufpasser spielen. Das Pfannkuchengesicht mit den Glupschaugen hüten und sich das raue Gestammel anhören! Wenn er doch noch eine Schwester hätte. Eine normale. Dann könnte die sich um Lisa kümmern.

Aus dem Treffen mit den Kumpeln aus dem Wohnblock wird heute also nichts. Und ob die Mutter ihn am Abend noch mal ziehen lässt, ist mehr als fraglich. Nicht in der Woche, wenn Schule ist. Am Wochenende nimmt sie es nicht so genau. Aber wenn er früh zur Schule muss, versteht sie keinen Spaß. Er soll ein gutes Abi machen. Und später mal studieren. Bessere Chancen haben als sie und der Vater. Als ob man

15

heute mit einem Studium bessere Chancen hätte! Die Mutter ist davon überzeugt. Also heißt es, zeitig ins Bett. Damit man morgens ausgeschlafen und frisch ist. Keine Diskussion!

Die Mutter ahnt nicht, dass er heimlich nachts noch fernsieht. Mit Ohrstöpseln natürlich. Manchmal gibt es Filme, da wäre die Mutter sicher entsetzt, wenn sie wüsste, dass er sich so was anguckt. Aber die Mutter merkt nichts davon. Geht selbst früh ins Bett. Sie ist abends immer ganz fertig, sagt sie, von der Beschäftigung mit Lisa. Sie möchte so gern, dass Lisa trotz allem was lernt. Hat sich deswegen einen Halbtagsjob gesucht. Mittags holt sie Lisa aus der Einrichtung ab, in die sie sie am Morgen gebracht hat. Und dann wird zu Hause das ganze Förderprogramm durchgezogen, das sich die Mutter von Spezialisten hat geben lassen. Vergebliche Liebesmüh', denkt Sven.

Das „Mongölchen", da ist er sich sicher, war auch der Grund dafür, dass der Vater ausgezogen ist. Er hat es nicht mehr ertragen, dass die Mutter von früh bis spät nur mit Lisa beschäftigt war. Nur von Lisa geredet hat. Immer drehte sich alles um diese behinderte Schwester. Was sie für Fortschritte gemacht hat. Was sie immer noch nicht kann. Wie lieb und anhänglich sie ist. Und so weiter und so weiter. Der Vater hat der Mutter die Schuld gegeben für diese Behinderung. Gespräche sind gelaufen zwischen den Eltern. Die hat Sven zufällig mitbekommen. Obwohl das ja Quatsch ist. Keiner ist schuld daran. Das weiß Sven. Aber der Vater nicht. Der ist zwar ein guter Kumpel. Aber so sehr weit her ist es nicht mit seiner Bildung. Fehlen tut er Sven trotzdem.

Mit einem Seufzer öffnet Sven die Tür zu Lisas Zimmer. „Swänni, Swänni!" Mit breitem Strahlen und ausgebreiteten Armen stürzt Lisa dem Bruder entgegen.

5.

„Na, wie ist es gelaufen am ersten Tag?", fragt Majas Mutter die Tochter, als der Rollstuhl im Kofferraum verstaut ist und sie beide im Auto sitzen.

„Ganz gut", antwortet Maja.

„Das ist alles?", hakt die Mutter nach. Und als

Maja schweigt: „Hat es Probleme gegeben?"

„Nein, nein. Ganz im Gegenteil. Ich habe schon eine Freundin gefunden, Karen heißt sie. Und vielleicht auch einen Freund."

„Das ist doch wunderbar. Warum schaust du dann so unzufrieden aus?"

Warum schaust du dann so unzufrieden aus! Seit dem Unfall beobachtet die Mutter sie ständig. Nichts entgeht ihr. Und wenn sie mal nicht lacht, in Gedanken versunken ist, gleich fragt die Mutter: Warum schaust du so unzufrieden aus? Oder: Was hast du? Ist was nicht in Ordnung? Sie meint es gut. Das weiß Maja. Die Mutter hat einfach Angst, dass Maja in Traurigkeit versinken könnte. Aber es ist schrecklich, dauernd beobachtet zu werden. Immer ein fröhliches Gesicht zeigen zu müssen. Auch wenn einem gar nicht danach zumute ist.

„Es muss doch irgendwas vorgefallen sein, Maja." Maja hört die Ungeduld in der Stimme der Mutter. „Nun sag schon, was ist passiert?"

„Nichts Aufregendes. Ein Junge hat gemeint, ich gehöre nicht in diese Schule. Er mag wohl keine

Behinderten." Den Tritt gegen den Rollstuhl erwähnt Maja nicht.

„Das ist ja unglaublich", regt sich die Mutter auf. „Und das an einem Gymnasium. Man sollte meinen, dass da die Leute toleranter sind. Was hat denn eure Klassenlehrerin dazu gesagt?"

„Die hat das gar nicht mitgekriegt. Es war in der Pause. Und es ist auch nicht weiter wichtig. Ich hab dir ja gesagt: Ich habe schon eine Freundin. Und vielleicht auch einen Freund. Das ist wichtig."

„Ich denke, ich werde trotzdem mit eurer Klassenlehrerin sprechen. Sie soll dafür sorgen, dass so etwas nicht mehr vorkommt. Wie heißt denn der Junge?"

„Das weiß ich nicht", lügt Maja. „Und komm bitte nicht auf die Idee, in der Schule zu erscheinen, Mama. Ich werde allein damit fertig. Du musst mich nicht behandeln wie ein Kleinkind, nur weil ich im Rollstuhl sitze."

„Ich will dir doch nur helfen, Maja-Mädchen!"

Maja hat die Mutter verletzt. Es tut ihr Leid.

Aber sie kann nicht anders. Das ständige Behüten, Bemuttern nervt sie. Ja, sie sitzt im Rollstuhl. Ja, sie braucht manchmal Hilfe. Aber sonst hat sich doch nichts geändert. Sie ist ein ganz normales Mädchen. So wie alle anderen Fünfzehnjährigen. Sie hat ihre eigenen Gedanken und Meinungen und Träume. Ihre eigene Vorstellung vom Leben. Und sie ist durchaus in der Lage, eigene Entscheidungen zu treffen.

Vor dem Unfall hat ihr doch die Mutter in vielen Dingen freie Hand gelassen. Aber danach hat sie sich verändert. Ist zu einer richtigen Glucke geworden. Zum Glück bremst sie der Vater oft, wenn die Tochter wieder einmal unter ihrer Fürsorge zu ersticken droht.

„Ja, Mama, ich weiß, du meinst es gut", lenkt Maja ein. „Aber ich kann viele Dinge selbst regeln. Ich bin kein kleines Kind mehr. Und ich bin nicht so hilflos, wie du denkst. Mit diesem Jungen werde ich schon allein fertig."

6.

Als er die Wohnung betritt, ist Markus sofort

20

klar: niemand zu Hause. Die Stille, die ihn empfängt, ist ungewohnt. Im Allgemeinen herrscht hier so gut wie nie Ruhe. Frank, zwei Jahre älter als er, dröhnt sich zu mit Musik oder spielt geräuschvoll am Computer. Sarah, nur ein Jahr jünger, hängt am Handy oder vor dem Fernseher. Die Mutter ist zu dieser Zeit nie zu Hause. Sie arbeitet in einer Computer-Firma. 25 Stunden die Woche. Aber vor vier Uhr nachmittags kommt sie nie nach Hause. Eigentlich müsste der Vater daheim sein. Er hat eine leitende Stellung in einem kleinen Familien-Unternehmen gehabt. Vor vier Monaten hat der Inhaber der Firma den Betrieb verkauft und sich zur Ruhe gesetzt. Der neue Inhaber hat eigene Mitarbeiter mitgebracht, und so ist der Vater arbeitslos geworden. Wahrscheinlich ist er unterwegs. Wieder einmal zu einem Vorstellungsgespräch.

In seinem Zimmer lässt sich Markus auf sein Bett fallen. Eine ganze Weile liegt er da, ohne sich zu rühren. Starrt an die Decke, ohne etwas zu sehen. Seine Gedanken rennen ungeordnet durcheinander. Schlagen Purzelbäume. Obwohl er ganz ruhig auf dem Bett liegt, klopft sein Herz wie wild. Was bringt ihn nur so aus der Fassung?

Was ist denn dran an diesem neuen Mädchen, der Maja? Hübsch ist sie – ja. Aber Karen mit ihren langen blonden Haaren ist auch hübsch. Und Vanessa mit ihrem roten Feuerkopf auch. Eigentlich sind alle Mädchen aus der Klasse ganz ansehnlich. Und sie sitzen nicht im Rollstuhl. Ein Rollstuhl macht alles so kompliziert.

Was ist bloß dran an diesem neuen Mädchen?

Markus steht auf und geht zum Bücherregal. Das nimmt, prall gefüllt, fast eine ganze Wand ein. Über ordentlich aufgestellten Bänden liegen weitere Bücher und Zeitschriften kreuz und quer auf den Borden. Irgendwo muss doch noch das alte Märchenbuch stehen. Das hat er jetzt davon, dass er die Bücher immer ordnen wollte und es nie getan hat! Die Sucherei wird dauern. Das Buch hatte einen roten Rücken. Daran kann er sich noch erinnern. Aber andere Bücher haben auch rote Rücken.

Nach einer ganzen Weile hält er das Märchenbuch endlich in den Händen. „Schneeweißchen und Rosenrot" – Seite 77. Er blättert. Hat den Anfang des Märchens gefunden. Blättert weiter – und da ist es, das ganzseitige Bild mit den beiden Mädchen. Schneeweißchen mit blonden und

Rosenrot mit braunen Locken. Ja, tatsächlich. Ein bisschen ähnlich sieht Maja dem Mädchen Rosenrot schon. Aber nur ein bisschen. Längst nicht so sehr, wie er es sich vorgestellt hat. Majas Gesicht ist viel schmaler. Nicht so pausbäckig. Und so einen Kussmund wie das Mädchen auf dem Bild hat sie auch nicht. Eher so einen breiten wie Julia Roberts, die Schauspielerin.

Warum nur ist ihm trotzdem gleich das Märchenbuch in den Sinn gekommen, als er Maja gesehen hat? Markus stellt das Buch zurück ins Regal und legt sich wieder auf sein Bett. Schließt die Augen. Sieht Maja ganz klar vor sich. Aber je mehr er sich auf das Bild konzentriert, desto weiter entfernt es sich von ihm. Wird unscharf bis zur Unkenntlichkeit.

Dass sich die Bilder immer so schnell verflüchtigen! Wenn man sie doch halten könnte. In einem Winkel gleich hinter der Stirn aufbewahren. Und dann jederzeit wieder aus dem Versteck hervorholen! Wie Wäsche aus dem Schrank. Die liegt immer da. Griffbereit. Aber Majas Bild ist nun ganz verschwunden. Wann es zu ihm zurückkehren wird, wer weiß das schon? Eigenwillig hält es sich verborgen. Und da hilft auch nicht, dass Markus es mit aller Kraft zurückholen will.

„Ist jemand zu Hause?" Die Stimme des Vaters aus dem Flur. Ausgerechnet jetzt.

7.

Auf dem Weg zum „Hexenhäuschen" der Groß-mutter ist Karen tief in Gedanken versunken. Weshalb hat sie Svens Pöbelei gegen Maja ein-fach geschehen lassen? Sie hat daneben gestan-den und war entsetzt. Hat aber nicht eingegrif-fen. Sven nicht angebrüllt oder wenigstens zu-rechtgewiesen. Tatenlos hat sie zugesehen, wie ein Mädchen im Rollstuhl, das gerade ihre Freundin geworden war, attackiert wurde. Was ist von ihr als Freundin zu halten? Wenn sie bei der ersten kritischen Situation versagt. Dabei hätte sie überhaupt nichts riskiert. Geschlagen hätte Sven sie garantiert nicht. Höchstens ein paar dumme Sprüche abgelassen.

Aber alles kam so plötzlich. So völlig unerwar-tet. Sie war wie gelähmt gewesen. Mit einem An-griff hatte sie überhaupt nicht gerechnet.

Trotzdem – das ist keine Entschuldigung. Markus, der viel weiter weg gestanden und den Zwischenfall nur aus der Ferne und wahrscheinlich gar nicht von Anfang an verfolgt hat, Markus ist gleich zu Maja gekommen. Hat seine Hilfe angeboten. Er hat sofort reagiert.

Und ich? Hinterher, als alles vorbei war, habe ich auch noch versucht, Svens Attacke zu erklären.

„Na Karen, was lässt du den Kopf so hängen, meine Kleine?" Die Großmutter steht im Vorgarten, der nur ein Vorgärtchen ist. Hat sie kommen sehen.

„Ach Omi!", seufzt Karen nur.

„Na, komm erst mal rein und stärk dich, mein Schatz! Das Essen ist fertig."

Die Großmutter legt den Arm um Karen. Gemeinsam schlendern sie ins Haus, das nur ein Häuschen ist. Der Großvater hat diese einstöckige blaue „Hütte" – wie er selbst sein Werk nannte - für sich und die Großmutter gebaut. Als seine Kinder erwachsen und aus dem Haus waren. Fast alles hatte er selbst gemacht, denn er war

Architekt gewesen. Und außerdem ein toller Handwerker. Ein paar Jahre, nachdem das „Hexenhäuschen" fertig war, ist der Großvater gestorben. Karen hat nur noch schwache Erinnerungen an ihn. Sie war erst fünf Jahre alt, als es keinen Papa-Opa mehr gab. Nur noch einen Mama-Opa. Aber etwas hat sie nicht vergessen: Der Papa-Opa hatte ihr ein wunderschönes Dreirad aus Holz gebaut.

Seit auch Karens Vater vor vier Jahren gestorben ist, wohnen Karen und ihre Mutter mit der Oma zusammen im „Hexenhäuschen". So hat der Vater es immer genannt. Und gemeint, die Oma, seine Mutter, sei halt eine Hexe. Aber eine gute. Eine, die es versteht, schlimme Sachen in gute umzuhexen. Und das stimmt, das sieht Karen auch so. Die Großmutter lässt sich durch nichts aus der Ruhe bringen. Weiß für die schwierigsten Probleme meistens eine Lösung, damit sich doch noch alles zum Guten wendet.

„Wann kommt Mama heute aus der Redaktion?", fragt Karen, als sie mit der Großmutter am Küchentisch vor einem Teller mit Spaghetti und Pilz-Sahne-Sauce sitzt. Karens Mutter, Bettina Baier, arbeitet als Redakteurin einer Zeitschrift.

„Ich weiß es nicht genau", antwortet die Großmutter. „Bettina hat gesagt, sie haben heute Re-
daktionskonferenz für die nächste Nummer. Die
sollte aber schon vormittags sein. Ich denke, deine Mama ist wie meistens so gegen sechs zu
Hause."

Als Karen nichts erwidert, wagt die Großmutter
einen Vorstoß: „Magst du nicht erzählen, was
dich so traurig macht? Ich sehe dir doch an,
dass irgendwas nicht in Ordnung ist."

„Ach Omi!", seufzt Karen noch einmal und
fährt dann fort: „Ich hab mich heute blöd be-
nommen, und deshalb schäme ich mich."

„Na, dann erzähl mal, was passiert ist", ermun-
tert sie die Großmutter.

Sie lässt Karen reden, ohne sie zu unterbrechen.
Als Karen ihren Bericht beendet hat, ist das Essen kalt geworden.

Die Großmutter legt ihre Hand beruhigend auf
die der Enkelin: „Karen, mein Schatz, du
machst dir zu Unrecht Vorwürfe. Was hättest du
denn tun sollen? Wie du selbst sagst, die Attacke
von Sven kam ganz überraschend. Es ist doch

nichts wirklich Schlimmes passiert. Ich bin sicher, wenn Sven deiner Freundin etwas angetan, sie geschlagen hätte, zum Beispiel, dann hättest du ihr geholfen. Und in Zukunft bist du ja vorbereitet. Wenn Sven das nächste Mal seine Gemeinheiten ablässt, dann wirst du ihm sagen, was du davon hältst und dass er das gefälligst lassen soll. Ich glaube auch nicht, dass Maja enttäuscht von dir ist. Nach dem, was du erzählt hast, ist sie ein selbstbewusstes Mädchen und kann sich sehr gut wehren. Du kannst sie ja ganz einfach fragen, wie sie das Ganze erlebt hat. – So, und nun mache ich das Essen noch mal warm, und dann isst du endlich!", beschließt sie ihre Rede.

Als die Großmutter am Herd steht und darauf wartet, dass die Spaghetti wieder warm werden, schaut Karen sie dankbar an. Die Omi hat es wieder mal verstanden, sie zu beruhigen. Und zu ermutigen. Blöd, dass sie Majas Handynummer nicht hat. Warum hat sie sich die nicht geben lassen? Und ihren Nachnamen weiß sie auch nicht mehr. Frau Siegert hat ihn zwar genannt, aber Karen hat nicht darauf geachtet. Nachnamen bedeuten ihr nichts. Jetzt muss sie bis morgen warten mit der Frage, die ihr so wichtig ist. Und bis morgen – das ist eine Ewigkeit.

Während die Großmutter Karens Teller wieder mit Spaghetti füllt, sagt sie: „Weißt du, Karen, interessant wäre zu erfahren, warum der Sven so aggressiv ist."

8.

Zu blöd, dass ich Karens Handynummer nicht habe. Warum bloß haben wir unsere Nummern nicht ausgetauscht? Ihre Adresse habe ich auch nicht. Ich weiß nicht mal ihren Nachnamen. Also keine Chance, die Nummer rauszukriegen. Mist! Wir hätten doch heute Nachmittag zusammen was machen können. Na ja, nicht zu ändern. Morgen bin ich schlauer.

Maja hat ihren Rollstuhl in die warme Sonne auf der Terrasse gelenkt. Als sie in diese Stadt umzogen, haben die Eltern ein Haus gekauft. In einem Haus lässt sich mit einem Rollstuhl leichter umgehen als in einer Mietshausetage. Hatte der Vater gemeint. Vor dem Einzug waren Schwellen beseitigt und Rampen eingebaut worden. Damit sich Maja mit ihrem Stuhl frei bewegen kann und ohne Schwierigkeiten überall hinkommt.

Am liebsten sitzt Maja bei schönem Wetter auf der Terrasse. Von dort aus hat man einen weiten Blick über den großen Garten und die dahinter liegenden Obstwiesen. Den Rasen hat Papa am Wochenende gemäht. Alle Gänseblümchen sind bei dieser Aktion verschwunden. Auch Kleeblüten sind nicht mehr zu entdecken. Schade! Aber in ein paar Tagen sind sie wieder da.

Mit einem Seufzer greift Maja nach dem Buch, das auf ihrem Schoß liegt.

„Was ist denn, Maja?" Das Arbeitszimmer der Mutter grenzt an einer Seite an die Terrasse. Durch das Fenster hat die Mutter Maja im Blick.

„Mama, bitte!" Wenn Maja könnte, würde sie aufspringen und einfach davonlaufen. Bloß weg! Bloß der ständigen Aufmerksamkeit der Mutter entfliehen!

Seit Majas Unfall ist Frau Simon nachmittags zu Hause. Vormittags, wenn Maja in der Schule ist, arbeitet sie in der Firma, in der sie als Übersetzerin beschäftigt ist. Am Nachmittag erledigt sie die Arbeit daheim am PC. Die Mutter ist tüchtig und zuverlässig. Deshalb hat ihr Chef dieser Regelung zugestimmt. Als die Familie umziehen musste, konnte sie in die Niederlassung ihrer Firma in dieser Stadt versetzt werden. Das ging ganz problemlos - sie hat Glück gehabt. Und auch hier hat man dieser Regelung für ihre Arbeitszeit zugestimmt.

Maja wäre es manchmal lieber, die Mutter würde auch nachmittags in der Firma übersetzen.

Um weiteren Fragen zuvorzukommen, erklärt Maja noch: „Ich ärgere mich, weil ich die Telefonnummer von Karen nicht habe."

„Ich kann ja im Internet nachsehen. Außerdem hab ich irgendwo noch eine CD mit Telefonnummern."

„Ja, dann guck doch mal unter Karen nach!", sagt Maja spitz.

Erst versteht die Mutter nicht ganz, was Maja meint. Aber dann begreift sie:

„Willst du sagen, dass du ihren Nachnamen nicht kennst?"

„Nicht ihren Nachnamen und nicht ihre Adresse. Karen, das ist alles, was ich von ihr weiß."

„Na, das ist wirklich ein bisschen wenig. Dann wirst du wohl bis morgen warten müssen. Die Liste mit den Namen deiner Mitschüler habe ich noch nicht bekommen."

Die Mutter wendet sich wieder ihrem Bildschirm zu. Und Maja steckt die Nase in ihr Buch. Aber sie versteht gar nicht, was sie da liest. Einen Satz nach dem anderen muss sie immer wieder von vorne anfangen, ehe sie begriffen hat, was er ihr sagen will. Es hat keinen Sinn. Sie kann sich im Moment nicht konzentrieren. Also macht sie besser etwas anderes als lesen.

Sie lenkt ihren Rollstuhl über die Terrasse zurück ins Haus. Natürlich hat die Mutter das sofort wahrgenommen. Ausnahmsweise sagt sie mal nichts.

In ihrem Zimmer stemmt sich Maja aus dem Rollstuhl und lässt sich auf ihr Bett fallen. Der erste Tag in der neuen Schule. Der beschäftigt sie immer noch. Die freundliche Frau Siegert, die Klassenlehrerin, die ihr auf Anhieb sympathisch war. Ganz anders ist sie als der Klassenlehrer Klose in ihrer früheren Schule. Der hat sich zwar nach ihrem Unfall bemüht korrekt verhalten. Aber manchmal meinte sie in seinem Blick zu erkennen: Selber schuld, was rennt die auch wie ein kleines Kind, ohne zu schauen, auf die Straße! Na ja, ein grober Klotz war der sowieso. Wer nicht die geforderte Leistung brachte, war bei ihm unten durch. Das haben einige zu spüren bekommen. Anna, ihre Freundin, die – zugegeben – etwas langsam ist und sich in manchen Fächern schwer tut, wurde von ihm immer wieder mit ironischen Bemerkungen bedacht. Sodass sie sich am Ende selbst für ziemlich dumm hielt. Das war so gemein! Anna ist überhaupt nicht dumm. Aber keiner hat etwas gesagt, einige haben sich sogar köstlich über den Spott des Lehrers amüsiert. Er betraf ja Anna und nicht sie selber. Und sie, Maja? Sie hat sich zwar nicht amüsiert, aber gesagt hat sie auch nichts. Nur versucht, Anna zu ermutigen. Ihr das mit der Dummheit auszureden. Das war sicher nicht genug.

Wer kümmert sich jetzt um Anna? Ich muss sie heute Abend unbedingt anrufen und fragen, wie es ihr geht. Die Schule hat doch wieder begonnen.

Frau Siegert ist da ganz anders. Das hat Maja schon nach einer Stunde Unterricht gemerkt. Sie ist zu allen gleich freundlich und versucht, durch geschickte Fragen die Schüler zu Antworten zu ermuntern. Selbst wenn einer mal was Falsches oder Blödes sagt, macht sie keine Witze darüber. Sondern erklärt ganz ruhig alles noch einmal. Bis es auch der Letzte kapiert hat.

Und dann Karen. Maja muss lächeln, während sie an Karen denkt. Ganz warm wird es da irgendwo tief drinnen in ihr. Karen will ihre Freundin sein. Von Anfang an ist sie ihr ganz offen begegnet. So eine Freundin zu haben, ist toll. Was hab ich nur für ein Glück! Dabei hatte ich vor der ersten Stunde ganz schönes Muffensausen. Wie würde die neue Klasse mich aufnehmen. Mich, ein Rollstuhl-Mädchen, eine Behinderte.

Markus ist ein netter Junge. Maja hatte ihn zwar vor dem Zwischenfall noch gar nicht wahrgenommen. Aber das war schließlich normal. Denn sie saß in der ersten Reihe. Sie konnte wohl kaum während des Unterrichts den Kopf ständig nach hinten drehen, um sich die Mitschüler der Reihe nach anzusehen. Sie würde sie alle noch kennenlernen. Da musste nichts überstürzt werden. Aber beeindruckt hatte sie das schon, wie Markus auf sie zugekommen war. Und seine Hilfe angeboten hatte. Immerhin ein deutliches Zeichen nach dem Intermezzo mit Sven.

Ja, Sven. Ihr ist klar, dass es immer noch genügend Leute gibt, die mit Behinderten nichts zu tun haben wollen. Menschen, die nicht so sind wie alle anderen, sind ihnen unheimlich. Machen ihnen Angst. Aber so richtig behindert fühlt sich Maja gar nicht. Es hat sich doch nichts geändert, außer dass sie jetzt im Rollstuhl sitzt. Sie ist in manchen Dingen nun eingeschränkt. Ja, das schon. Aber sie ist doch deshalb kein anderer Mensch. Sie hat die selben Stärken wie vor dem Unfall, die selben Macken, die selben Wünsche und Träume. Warum hasst Sven sie? Gut - wenn er dazu verdonnert gewesen wäre, ihren Rollstuhl zu schieben, sie zu betreuen und zu versorgen, dann hätte sie seine Wut verstehen können. Aber sie kommt doch allein klar. Meistens jedenfalls. Und wenn sie Hilfe braucht, muss die ja nicht gerade Sven leisten.

9.

„Mensch, Torsten, warum haste dein beknacktes Handy ausgeschaltet? Blöde Mailbox. Jedenfalls - das wird heute Nachmittag nix. Ich muss auf Lisa aufpassen. Scheiße! Immer dasselbe. Ob heute Abend, weiß ich nich'. Ruf zurück, wenn du das Teil wieder anhast. Ciao - Sven!"

„Scheißtag", murmelt Sven.

„Wer war das, Swänni?", will Lisa wissen.

„Geht dich nichts an!"

„Swänni is böse?" Lisa verzieht das Gesicht. „Lisa is traurig", quengelt sie. Gleich darauf strahlt sie wieder, kuschelt sich an Sven und bettelt: „Lisa will schmusen."

Aber Sven ist nicht nach Schmusen zumute: „Lass mich in Ruhe!", fährt er sie an und stößt sie unsanft von sich. „Du bist schuld an allem, wenn du nicht wärst, wär' alles besser. Papa wär' noch bei uns, Mama müsste sich nich' so abschuften, und ich brauchte nich' dauernd den Babysitter zu spielen."

So ganz versteht Lisa nicht, was Sven da sagt. Aber dass Sven wütend ist und dass sie irgendwie damit zu tun hat, das begreift sie. Sie fängt an zu weinen.

„Is' ja schon gut. Hör auf zu weinen." Unbeholfen nimmt Sven die kleine Schwester in den Arm, um sie gleich darauf wieder sacht von sich zu schieben.

„Komm, lass uns was spielen!", schlägt er vor.

„Ja, spielen, spielen, spielen." Lisa ist begeistert, klatscht in die Hände und hopst aufgeregt herum.

Sven holt einen Karton aus dem Regal. Setzt sich im Schneidersitz auf den Boden. Legt Kärtchen aus. Rückseite nach oben. Lisa kniet ihm gegenüber und verfolgt gespannt, wie Straßen aus Kärtchen entstehen. Mit dem Finger folgt sie dem Verlauf der Karten.

„Nimm den Finger weg, der ist mir beim Auslegen im Weg." Obwohl Sven Lisa zurechtweist, klingt seine Stimme jetzt ganz freundlich. Lisa lacht und zieht ihren Finger zurück.

„Weißt du noch, wie's geht, Lisa? Du musst Kärtchen umdrehen. Wenn du zwei gleiche umgedreht hast, darfst du sie nehmen. Und bist noch mal dran. Wenn es zwei verschiedene sind, bin ich dran."

Lisa nickt. „Schwär, ganz schwär", sagt sie.

„Ja, leicht ist das nicht; du musst dir gut merken, welche Karten du umgedreht hast und wo sie liegen. Los, fang an!"

Lisa dreht zwei Karten um. Zwei unterschiedliche Motive erscheinen. Traurig schaut Lisa auf die Karten.

„Macht nichts, Lisa", tröstet sie Sven. „Die ersten beiden Karten sind eigentlich immer verschieden. Müsste schon ein großer Zufall sein, wenn sie gleich sind."

„Svänni ist dran", sagt Lisa.

„Erst musst du noch die Karten wieder umdrehen. Merk dir genau, was drauf war und wo die Karten liegen. Siehst du, hier der Hund und da das Huhn."

Widerwillig dreht Lisa die Karten wieder um. Der Hund und das Huhn sind viel schöner als die blau gemusterten Rückseiten der Karten.

Jetzt versucht Sven sein Glück. Auch er deckt zwei unterschiedliche Karten auf.

„Siehst du, ich hab auch kein Glück. Du bist wieder dran."

Vorsichtig wendet Lisa eine Karte aus der Mitte um. Ein Hund ist darauf zu sehen.

„Toll!", freut sich Sven und Lisa strahlt. „Und wo war der andere Hund? Weißt du das noch?", fragt er die Schwester.

Einen Moment zögert Lisa, kreist mit dem Finger über den Karten am Rand, packt dann mit sicherem Griff eine davon und dreht sie um. Es ist die mit dem Hund.

„Super!", lobt Sven, „das hast du ganz Klasse gemacht! – Die Karten gehören jetzt dir."

Vor Freude klatscht Lisa in die Hände und lässt ihr raues Lachen hören. Dann nimmt sie die beiden Hunde und legt sie sorgfältig neben sich.

Mama hat anscheinend doch Recht: Wenn man das oft genug mit Lisa übt, versteht sie das Spiel und kann sich sogar die Karten merken. Viele Erwachsene haben auch Schwierigkeiten bei diesem Spiel. Manchmal noch größere als Lisa, denkt Sven. Die Schwester ist vielleicht doch nicht ganz so doof, wie er immer meint. Und die Mühe, die die Mutter auf die kleine Schwester verwendet, scheint sich zu lohnen.

Lisas Freude ist ansteckend. „Du bist noch mal dran", fordert Sven sie auf und lacht auch.

Aber diesmal tauchen wie am Anfang zwei unterschiedliche Motive auf – ein Schaf und eine Katze – und Lisa muss die Karten wieder umdrehen, blöde Rückseite nach oben. Enttäuscht schiebt sie die Unterlippe vor.

„Ihr spielt zusammen?! Das ist aber schön! Und ganz besonders lieb von dir, Sven." Die Mutter steht in der Tür und lächelt ihre beiden Kinder an, das große und das kleine Sorgenkind.

„Weiterspielen, weiterspielen", ruft Lisa und wippt heftig mit dem Oberkörper vor und zurück.

„Ja, spielt ruhig zu Ende. Alles andere hat Zeit. Ich mach uns inzwischen was zu essen", sagt die Mutter. Und geht durch den langen Flur in die Küche.

Sven wäre jetzt gern abgehauen – endlich – jetzt, wo die Mutter wieder da ist. Endlich abschwirren zu Torsten und den anderen. Noch ist es nicht zu spät, um irgendwo ein bisschen zu bolzen. Oder einfach abzuhängen. Aber Lisa schaut so glücklich auf die Karten, dass Sven es nicht fertigbringt, das Spiel einfach abzubrechen. Obwohl sie gar nicht an der Reihe ist, dreht sie schon wieder zwei Karten um. Sven lässt sie gewähren. Es wird ohnehin noch lange genug dauern, bis sie fertig sind. Da müssen sie nicht auch noch streng die Regeln einhalten.

Auf der einen umgedrehten Karte ist ein Schaf abgebildet. Hektisch fuchtelt Lisa mit den Armen. „Schaf, andres Schaf!" Ihrem runden Gesicht sieht man die Anstrengung an. „Schaf in der Mitte." Tatsächlich greift sie schließlich nach der richtigen Karte. Sven ist verblüfft. Wie schafft sie das?

Er hat das „Mongölchen" wohl wirklich unterschätzt. Genau wie Papa. Der traut Lisa überhaupt nichts zu. Hält sie für komplett bescheuert. Nur Mama glaubt an Lisa. Sicher, vom Grips einer normalen Achtjährigen ist sie meilenweit entfernt. Aber Mama glaubt fest daran: Wenn man sich nur genug mit Lisa beschäftigt, immer wieder mit ihr bestimmte Sachen trainiert, dann besteht die Chance, dass sie später einmal einigermaßen selbständig leben kann. Sven hat da zwar noch seine Zweifel. Aber für völlig abwegig hält er das nun nicht mehr.

10.

„Wie war's in der Schule?"

Markus ignoriert diese ewig gleiche Mittags-Frage. Antwortet mit einer Gegenfrage:

„Warst du zum Vorstellungsgespräch?"

„Ja."

„Und? Wie ist es gelaufen?"

„Ganz gut, glaube ich. Außer mir gibt es nur noch zwei Bewerber, die in die engere Wahl

kommen. Und die sind, wenn ich das richtig verstanden habe, nicht ganz so qualifiziert wie ich."

Ein zaghaftes Lächeln erscheint auf dem Gesicht
des Vaters.

„Na, ist doch toll! Dann hast du ja bald wieder
Arbeit, Papa!"

„Abwarten, Markus, abwarten!" Zu oft hat der
Vater in den letzten vier Monaten gehofft, bis-
weilen das sichere Gefühl gehabt, dieses oder je-
nes Unternehmen werde sich für ihn entscheiden. Und jedes Mal folgte die Enttäuschung:
eine Absage, telefonisch oder schriftlich, freundlich oder gleichgültig.

„Was ist denn das für eine Firma?", will Markus wissen.

„Ein mittelgroßes Unternehmen, größer jedenfalls als das, in dem ich zuletzt gearbeitet habe."

„Und was machen die so? Ich meine, was produzieren die oder was arbeiten die?"

„Sie produzieren Artikel aus Papier, aufwändige
Sachen. Elegante Taschenkalender, Notizbücher,

dekoratives Briefpapier..."

„Und was sollst du da machen?"

„Die suchen einen Assistenten für den Personalchef." Die Stimme des Vaters klingt beiläufig.
Scheinbar normal. Markus hört trotzdem die
leichte Unsicherheit heraus.

„Einen Assistenten? Aber in deiner letzten Firma warst du doch selber Chef. Kannst du dir
das vorstellen, jetzt noch jemanden über dir zu
haben?"

„Ach, Markus, in meiner Situation kann ich
nicht allzu wählerisch sein." Und wie um sich
selbst Mut zu machen, fügt der Vater hinzu:
„Den Personalchef habe ich kennengelernt. Er
scheint ein ganz vernünftiger und sympathischer
Mann zu sein. Ja, ich glaube, dass ich ganz gut
mit ihm zusammenarbeiten könnte. Sicher wird
das zu Anfang eine Umstellung für mich bedeuten. Aber besser so eine Arbeit als gar keine."

Markus schweigt. Er weiß nicht, was er dem Vater erwidern soll. Einerseits hat er ja Recht. So
ganz jung ist er nicht mehr. Da ist es schwer,
eine Arbeit zu finden. Noch dazu eine in leiten-

der Stellung, wie er sie vorher gehabt hat. Aber andererseits ... dass der Vater so mutlos geworden ist, sich mit einer untergeordneten Tätigkeit begnügen will, das gefällt ihm nicht. Wieso macht sich der Vater kleiner und bescheidener als er ist?

Der Vater hat inzwischen zwei Töpfe aus dem Kühlschrank genommen und auf den Herd gestellt. Abends bereitet die Mutter immer etwas vor. Das muss der Vater dann am nächsten Mittag aufwärmen oder fertigkochen – jedenfalls solange er tagsüber zu Hause ist. Markus hat sich nie gefragt, ob er das gerne tut.

Als der Vater noch Arbeit hatte, blieb dieses Vergnügen an Markus und seinen Geschwistern hängen. Reihum war jeder dran. Keiner von ihnen hat sich darum gerissen. Frank, der große Bruder, hat schweigend mit finsterer Miene in der Küche hantiert. Er selbst, Markus, hat sich nichts anmerken lassen. War aber eigentlich stinksauer, seine Zeit am Herd verplempern zu müssen. Am meisten krakeelt hat jedes Mal Sarah. Küchendienst – nein danke! Mit Händen und Füßen hat sie sich gewehrt. Gestrampelt. Gekreischt. Die Brüder mussten sie jedes Mal fast in die Küche tragen. Irgendwann hat sie den

Widerstand dann aufgegeben. Und das Essen fertiggekocht, wenn sie an der Reihe war. Ohne ein Wort hat sie den Brüdern die Teller hingeknallt. Ohne ein Wort das Essen in sich hineingewürgt. Ohne ein Wort ist sie danach aufgesprungen und wie die beleidigte Leberwurst in ihrem Zimmer verschwunden. Schlüssel zweimal rumgedreht. Und den Fernseher auf Brüll!

Zur Zeit haben es die Geschwister ganz bequem. Sie sind raus aus der Pflicht. Um die Küche kümmert sich der Vater. Wenn er also tatsächlich demnächst Arbeit hat, ist der Küchendienst wieder ihre Sache. Aber deswegen dem Vater keine neue Stellung wünschen – nein, das würde dann doch zu weit gehen.

Allerdings – die Sache mit dem Assistenten behagt Markus überhaupt nicht.

„Wie ist denn das, Papa, wenn du später vielleicht doch noch irgendwo anders arbeiten willst. Ist das dann nicht ein Nachteil, wenn du vorher nur als Assistent und nicht als Chef beschäftigt warst?"

Der Vater schaut Markus verblüfft an. „Was du dir schon für Gedanken machst! Na ja, ihr jungen Leute seid heute pfiffiger als wir es in eurem Alter waren." Und nach einer Pause fügt er hinzu: „Ja, du hast Recht. Ein bisschen ungünstig könnte sich das schon auswirken."

„Und warum tust du das dann? Warum bewirbst du dich auf so eine Stelle?"

In der Stimme des Vaters ist Ärger zu hören, als er antwortet: „Ich hab es dir doch schon gesagt, Markus – besser so eine Arbeit als gar keine. Oder meinst du, das ist für mich besonders lustig, den ganzen Tag zu Hause zu sitzen? Bewerbungen zu schreiben. Mich fremden Personen zu präsentieren, von deren Entscheidung ich abhängig bin? Und dann fürs Mittagessen zu sorgen und Einkäufe zu erledigen. Nach einem Zettel, den mir eure Mutter am Morgen hingelegt hat? Ich bin das nicht gewohnt. Du kannst mir glauben, Spaß macht mir das alles überhaupt nicht."

So ist das also! Papa hat auch keinen Drang nach Küchendienst. Hätt' ich mir denken können. Aber ich hab mir keine Gedanken darüber gemacht.

Jetzt wiederholt der Vater die Frage, die er am

Anfang des Gesprächs gestellt hatte: „Und wie war es bei dir heute in der Schule?"

„Och, nichts Besonderes, alles wie immer", antwortet Markus. Aber er wendet sein Gesicht ab. Damit der Vater nicht sieht, dass er rot wird.

11.

„Da kommt Sven." Torsten ist erleichtert. Dass er nicht mehr der Einzige unter 16 in der Gruppe ist. Sven ist auch erst 15. Genau so wie er. Alle anderen aus der Siedlung, mit denen sie sich hier in der kleinen Grünanlage zwischen den Wohnblocks treffen, sind schon volljährig oder werden es demnächst. Sind zumindest über 16 und setzen sich entsprechend in Szene – mit Alk und Fluppen und großspurigem Gehabe. Sven und Torsten dürfen noch keinen Alkohol kaufen. Von Zeit zu Zeit probieren sie es. Manchmal klappt es. Manchmal nicht. Hängt von der Kassiererin ab. Für Zigaretten gibt's ja Automaten. Noch. Die sind bald nur noch mit Chip auf der Bankkarte zugänglich. So was wie eine EC-Karte besitzt hier aber keiner. Werden sie wohl zum Kiosk gehen müssen.

Mein lieber Schwan, denkt Sven, als er auf die Gruppe zuschlendert, der Torsten sieht wirklich ätzend aus. Vor lauter Pickeln sieht man das Gesicht nicht mehr. Hunderttausend sind es mindestens. Eklig. Dabei hat er eigentlich ein hübsches Gesicht. Könnte der Schwarm der Mädels sein. Wenn nicht diese Pickel wären. Warum tut er nichts dagegen?

„Hi Sven! Auch 'n Schluck?" Lars, der inoffizielle Anführer der Gruppe, hält Sven eine halbgeleerte Bierflasche entgegen.

„Nee, lass mal stecken. Heute nich'." Sven weiß nicht, warum. Er hat keine Lust auf Bier.

„Biste krank?", fragt Lars.

„Nee, keinen Drang heute. Aber haste vielleicht 'ne Fluppe?"

„Klar." Lars reicht Sven die Packung rüber. „Die nächste Lage schmeißt du aber. Das stinkt mir, euch Pimpfe immer mit Stoff zu versorgen. Ihr wisst ja, wo der Automat steht."

„Komm runter, Lars." Sven lässt sich von Lars'

drohendem Unterton nicht beeindrucken. Zieht eine Zigarette aus der Packung. Zündet sie an. Gibt Lars das fast leere Päckchen zurück. „Du hast auch schon oft genug bei uns geschnorrt, bei Torsten und mir. Haste wohl vergessen."

Und zu Torsten gewandt fährt er fort: „Komm, Torsten, gehn wir zu dir rauf. Ich hab heut keinen Bock auf Gruppengequatsche."

„Oooh, die Herren Gymmis wollen wohl noch Hausaufgaben machen. Woll'n sich bei den Paukern einschleimen", höhnt Lars und die anderen lachen pflichtschuldigst. Sie haben das Gespräch gespannt verfolgt – vielleicht gibt's ja Streit. Dann wäre endlich mal was los.

„Ach, leck mich!", sagt Sven. Wendet sich um und zieht Torsten am Arm mit sich.

Wie der mit Lars umspringt! Torsten bewundert Sven insgeheim, weil der überhaupt keinen Respekt vor dem Anführer hat. Jeder weiß, dass Lars unheimlich ausrasten und zulangen kann, wenn ihm was nicht passt. Aber Sven lässt das völlig kalt. Er bietet ihm die Stirn. Und Lars hat Sven noch nie angerührt.

In der Anderthalb-Zimmer-Wohnung im dritten Stock sind Torsten und Sven allein. Torstens Mutter ist Kassiererin im Supermarkt. Wenn sie in der Spätschicht bis 20 Uhr arbeitet, ist sie erst gegen halb zehn zu Hause. Von den Kunden durcheinandergebrachte Aktionsware muss in die richtigen Körbe sortiert und leere Regale müssen aufgefüllt werden. Sie hasst die „späten Tage". Aber sie braucht den Job. Auch wenn er Stress pur ist. Denn sie muss ganz allein für sich und Torsten sorgen. Einen Vater gibt es nicht. Der hat sich schnell aus dem Staub gemacht, als er erfuhr, dass seine Freundin schwanger war. Seinen Vater hat Torsten nie zu Gesicht bekommen. Torstens Mutter weiß gar nicht, wo der jetzt lebt. Also gibt es auch niemanden, der Unterhalt zahlt. Bliebe noch das Sozialamt. Aber das will Torstens Mutter nicht.

In dem winzigen Raum, der Torstens Zimmer und kaum größer als eine Abstellkammer ist – Bett, Schrank, Tisch, Stuhl, mehr Platz ist nicht -, lässt sich Sven lässig aufs Bett fallen.

„Ej, Torsten, warum machste nich' mal was gegen deine Pickel? Wenn die nich' wären, könntste viel besser aussehen."

Die plötzliche Attacke des Freundes bringt Torsten aus der Fassung. Er ist den Tränen nahe.

„Was soll ich denn machen, Sven? Für teure Sachen, Salben oder so, haben wir kein Geld. Das weißte doch. Meinste vielleicht, mir macht das Spaß, so auszusehen?" Torstens Stimme klingt weinerlich.

„Nee, aber zum Arzt könntste mal gehn. Ihr seid doch versichert. Vielleicht kann der Arzt dir was verschreiben, was hilft."

„Unser Hausarzt hat gemeint, das is' eben so in der Pubertät. Da kriegt man Pickel, der eine mehr, der andre weniger."

„Das is doch Quatsch. Frag nich' lange, lass dich zum Hautarzt überweisen. Ich wette, der kann dir irgendwie helfen."

„Aber der hat doch gesagt ..."

„O Mann!", braust Sven auf. „Nicht zum Hausarzt – zum Hautarzt sollste gehn. Manchmal biste wirklich ziemlich begriffsstutzig, Torsten."

Eine Weile ist es still in dem winzigen Raum.

Torsten schmollt ein bisschen. Dass Sven immer gleich so heftig werden muss! Er merkt gar nicht, wie sehr er andere verletzt. Aber andererseits ist er ein echt guter Kumpel. Der Torsten nie im Stich lassen würde.

„Was hältste eigentlich von der Neuen?", fragt Sven plötzlich.

Überrascht sieht ihn Torsten an. Wieso fragt Sven? Wieso interessiert er sich für seine, Torstens, Meinung? Schließlich hat Sven doch deutlich genug zum Ausdruck gebracht, was er von dem Mädchen hält. Da dürfte es ihm doch völlig egal sein, was Torsten denkt. Sven kümmert sich nie um die Meinung anderer.

„Meinste die im Rollstuhl?", fragt Torsten statt einer Antwort.

„Na, wie viel Neue ham wir denn in unserer Klasse? Natürlich mein' ich die im Rollstuhl."

„Sie is' hübsch. Schade, dass sie im Rollstuhl sitzen muss." Torsten ist vorsichtig, er weiß nicht, worauf der Freund hinaus will.

„Und wie findste's, dass wir jetzt 'ne Behinderte

in der Klasse haben?"

„Na ja, is' mir eigentlich egal. Sie stört doch niemand." Torsten ist immer noch unsicher. Was soll die Fragerei? Verderben will er es sich mit Sven auf gar keinen Fall. Der ist sein einziger richtiger Freund.

„Findste nicht, dass ihr ständiger Anblick 'ne Zumutung für uns alle is'?" Sven lässt nicht locker.

„Nee, warum denn?" So langsam begreift Torsten, dass Sven offenbar auch unsicher ist. „Sie is' doch nich' hässlich, sitzt doch nur im Rollstuhl. Und vielleicht is' sie ja auch ganz nett", traut er sich jetzt zu widersprechen.

„Na, wenn de meinst." Damit ist für Sven das Thema beendet. Jedenfalls vorerst. Lässig wälzt er sich vom Bett hoch. „Na, ich geh dann mal. Hab keinen Bock mehr zu quatschen heute. Bin auch ziemlich müde. Hab schließlich wieder mal den ganzen Nachmittag mit Lisa vertrödelt. Also – mach's gut! Bis morgen."

12.

„Hallo Anna!"

„Oh, hallo Maja!" Anna hat die Freundin sofort an der Stimme erkannt. „Schön, dass du anrufst. Heut war doch dein erster Tag dort."

„Ja, aber eigentlich wollte ich wissen, wie es *dir* geht, Anna."

„Och, na ja, so lala. Es gab wieder mal Theater mit Klose."

„Wieso das denn?"

„In Englisch hab ich die Zeiten durcheinandergebracht. Klose war heute schon von Anfang an auf Krawall, weiß der Geier, weshalb. Vielleicht hat er sich in der Klasse vorher geärgert. Jedenfalls hat er gefragt, ob das mein Ernst ist, was ich da sage. Und als ich nichts geantwortet habe, hat er losgelegt und mich total runtergemacht. Wenn jemand mit 15 immer noch kein ordentliches Englisch kann, dann gehört er nicht auf diese Schule, dann soll er auf die Klippschule – was immer das ist - gehen oder sich als Hilfsarbeiter ans Fließband stellen und so weiter, bla

bla bla. Er hat sich gar nicht wieder einge-
kriegt."

„Und du...?", fragt Maja vorsichtig. Sie weiß,
wie schnell bei Anna Tränen fließen.

Anna hat Majas Frage gleich richtig verstanden.
„Nein, den Gefallen zu heulen, hab ich ihm diesmal nicht getan. Aber schlimm war's schon.
Dennis und Jens haben sich wieder köstlich
amüsiert, und die anderen haben zumindest ge-
grinst. Keiner hat was gesagt. Und ich hab versucht, ganz gleichgültig zu gucken."

„Der Klose ist so ein Arsch!" Maja ist wütend.
„Du darfst nicht auf ihn hören. Das ist komplet-
ter Unsinn, was er sagt. Jeder kann sich mal ver-
tun. Bitte, Anna, glaub mir, du bist nicht dumm.
Ich weiß das. Lass dir nicht den Schneid abkau-
fen."

„Ja, Maja, ich weiß das auch. Aber du fühlst
dich ganz schön mies, wenn du so runtergeputzt
wirst. Ganz klein und dumm kommst du dir vor.
Vor allem, wenn alle um dich rum noch lachen."

„Ach, Anna...."

Eine Weile ist es still am Telefon.

„Bist du noch dran, Maja?", fragt Anna schließlich, als ihr das Schweigen unheimlich wird.

„Ja, Anna, ich bin noch dran. Ich hab daran gedacht, dass ich auch nicht gerade viel getan habe, um dir zu helfen. Ich meine, als ich noch bei euch war."

Wieder entsteht eine Pause.

„Ja, das stimmt", bestätigt Anna zögernd, „aber du hast wenigstens nicht gelacht wie die anderen. Und du hast mich immer getröstet. Und mir Mut gemacht. Das war schon viel wert. Und gegen den Klose kommt sowieso keiner an. Da hättest auch du nichts erreicht."

„Ich hätte es versuchen können. Er hätte dann zumindest gewusst, was ich denke."

„Das hätte nichts gebracht", widerspricht Anna jetzt entschieden. „Du warst doch auch nicht gerade sein Liebling. Er hat dir, glaube ich, den Unfall übelgenommen. Du hattest nur den Vorteil, dass deine Leistungen besser waren als meine. Sonst hätte er dich genauso fertiggemacht wie mich."

„Ja, ich weiß. Er hat nicht verstanden, wie jemand in meinem Alter einfach so über die Straße rennen kann. So jemand ist für ihn eben bekloppt. Aber vielleicht wäre es doch mal ganz gut gewesen, ihm zu zeigen, dass nicht alle seiner Meinung sind."

„Ja, kann sein, aber nun bist du ja sowieso weg. Wir können das nicht mehr testen. Ich muss weiter sehen, wie ich allein damit klarkomme", beendet Anna das Thema. „Ich will aber jetzt wissen, wie es bei dir heute war. Wie ist die neue Schule? Sind die Lehrer o.k.? Und die Mitschüler?"

„Viel kann ich noch nicht sagen", beginnt Maja. „Ich hab Gutes und Schlechtes erlebt. Bin gespannt, was am Ende daraus wird."

Und dann berichtet sie ausführlich über ihren ersten Tag in der neuen Schule.

13.

„Da bist du ja endlich. Ich hab schon so auf dich gewartet", begrüßt Karen aufgeregt die neue Freundin.

„Wir haben im Stau gesteckt. Ich hab schon Angst gehabt, ich komme zu spät. Und das gleich am zweiten Tag."

„Und ich hab gedacht, du kommst nicht mehr. Wegen gestern, Sven, du weißt schon."

„Ach, du liebes bisschen, nein", lacht Maja fröhlich. „So ein kleiner Zwischenfall kann mich nicht abschrecken."

„Na ja, kleiner Zwischenfall... Ich hab mir schwere Vorwürfe gemacht, weil ich nichts unternommen habe. Warum habe ich den Sven nicht gleich zur Rede gestellt? Gerade wollte ich deine Freundin sein, und dann habe ich dich überhaupt nicht verteidigt. Ganz mies hab ich mich gefühlt. Wie eine Versagerin. Ich wollte dich anrufen, aber ich hatte weder Festnetz- noch Handynummer von Dir. Und wie dein Nachname ist, wusste ich auch nicht mehr. Die Siegert hatte ihn ja gesagt, aber ich hatte ihn

vergessen." Karen senkt den Kopf.
Erstaunt hebt sie ihn wieder, als von Majas Platz ein helles Lachen zu hören ist.

„Ich wollte dich auch anrufen und hab mich total geärgert, dass ich deine Nummer nicht hatte und nicht mal deinen Namen kannte. Aber ich wollte mit dir nicht über die Sache mit Sven sprechen. Ich hätte am Nachmittag gern etwas mit dir unternommen."

Auf Karens Gesicht erscheint ein zaghaftes Lächeln. „Du bist mir also nicht böse?"

„Nein, warum denn?" Majas Erstaunen ist nicht gespielt.

„Na, weil ich tatenlos daneben gestanden habe, als Sven gegen deinen Rollstuhl getreten hat."

„Ach, Karen, mach dir doch deswegen keinen Kopf. Ich bitte dich. Was ist denn schon passiert? Gar nichts. Ein kleiner Tritt gegen das Rad. Und dumme Sprüche bin ich gewohnt. Viel schlimmer sind die mitleidigen Blicke. Du kannst richtig sehen, was die Leute denken: ‚Ach, so jung und auch ganz hübsch – und dann im Rollstuhl. Das arme Mädchen!' Das nervt viel mehr."

Karen atmet erleichtert auf. Maja hat ihr also ihr „Versagen" nicht übelgenommen. „Ja, mich würden solche Blicke wahrscheinlich auch nerven. Schon deshalb, weil man sich dagegen nicht wehren kann. Man kann den Leuten schließlich nicht verbieten, mitleidig zu gucken. – Aber jetzt lass uns bitte die Handynummern austauschen."

In diesem Moment kommen Sven und Markus fast gleichzeitig in die Klasse gestürmt. Sie sind spät dran. Markus schaut lächelnd zu den beiden Mädchen; Sven bedenkt Maja mit einem finsteren Blick. Aber die beiden Mädchen bemerken weder das Lächeln noch die böse Miene. Sie tippen einen neuen Namen und eine neue Nummer in ihre Kontaktliste und speichern die Daten ab.

14.

„Kommst du heute Nachmittag zum Platz?", fragt Torsten in der Pause.

„Nee", antwortet Sven, „ich treff mich nach der

Schule mit meinem Dad. Nach seiner Früh-
schicht. Meine Mutter will, dass ich ihn wenigstens einmal im Monat sehe."

„Und du? Willst du ihn denn nicht sehen?"

„Doch, schon. Aber ich weiß immer nicht, was
ich mit ihm reden soll. Jetzt, wo er nicht mehr
bei uns wohnt, gibt's eigentlich nichts, was wir
gemeinsam haben. Er weiß nicht, was ich mache, und ich weiß nicht, was er so treibt."

„Na, grade darüber könnt ihr doch sprechen."

„Ach Mann, Torsten, das verstehste nicht. Ich
hab keinen Bock, ihm was von mir zu erzählen.
Und es interessiert mich einen Dreck, was er
macht. Er ist vor einem Jahr einfach abgehauen.
Hat uns sitzen lassen. Und wir können jetzt sehen, wie wir klarkommen. Wir haben Lisa am
Hals. Und er kümmert sich um gar nichts. Über-
weist nicht mal regelmäßig das Geld für Lisa
und mich an meine Mutter. Am liebsten würde
ich ihn gar nicht mehr sehen. Aber meine Mutter besteht darauf, dass ich ihn treffe."

Die Pause ist zu Ende, sodass Torsten ein Kommentar erspart bleibt. Er hätte ohnehin nicht

gewusst, was er auf Svens Erklärung hätte erwidern sollen.

Nach dem Unterricht drängen alle nach draußen. Nur Sven hat es überhaupt nicht eilig. Lässig schlendert er über den Schulhof. Am großen schmiedeeisernen Gittertor bleibt er unschlüssig stehen. Zündet sich eine Zigarette an. Bläst den Rauch heftig in die Luft. Dann gibt er sich einen Ruck und läuft mit raschen, festen Schritten zur Bus-Haltestelle.

Der Bus hat offenbar Verspätung. Ein dichtes Schüler-Knäuel wartet quatschend, wibbelnd, rangelnd oder tranig-ergeben an der Haltestelle.

Mist, denkt Sven, wenn der Bus Verspätung hat, kommt er schon bis unters Dach voll hier an. Dann lässt der Fahrer niemand mehr rein. Macht nur die Tür auf zum Aussteigen. Kann ich auch gleich zu Fuß gehen. Sind ja nur drei Haltestellen. Muss Papa eben warten.

Meistens verabreden sich Sven und sein Vater in dessen Stammlokal. Außer den üblichen Getränken gibt es ein paar Kleinigkeiten zu essen – Würstchen mit Brot oder Kartoffelsalat, Bouletten, belegte Brote. Allerdings bietet die Frau vom Wirt jeden Mittag ein einfaches Gericht zu einem sehr günstigen Preis an. Das bestellt Svens Vater jedes Mal für sich und seinen Sohn, wenn sie sich hier treffen.

Sven kann den Vater in dem gut besuchten Lokal nicht entdecken. Er schlakst zum Tresen und fragt den Wirt:

„Mein Vater - noch nicht da?"

„Wennde ihn nich siehst, issa wohl nich da."

„Scherzkeks", murmelt Sven. Aber abgesehen von seinen blöden Sprüchen ist der Wirt, ein zugezogener Berliner, ganz o.k.

Sven schaut sich um. Von den wenigen Vierertischen ist nur noch einer frei. Man kommt zum Mittagstisch gern hierher, weil es so preiswert ist. Also schnell den letzten Tisch besetzen. Gerade hat er sich den Stuhl zurechtgerückt und nach der Speisekarte gegriffen, um zu sehen, was es heute als Stammgericht gibt, da nähert sich ein untersetzter, dunkelhaariger Mann seinem Tisch, legt sein Cap auf einen der freien Stühle und macht Anstalten sich zu setzen.

„Hi, Papa!"

„Hallo, Sven! Was macht die Kunst?"

„Immer so weiter." Sven hat keine Lust, Storys zu erzählen.

„Wie geht's Mama?"

„Geht so."

„Und Lisa?"

„Wie immer." Höchst interessiert studiert Sven die Speise- und Getränkekarte.

„Mein Gott, Junge, lass dir doch nicht jedes Wort aus der Nase ziehen! Irgendwas wird doch passiert sein, zu Hause oder in der Schule, seit wir uns das letzte Mal gesehen haben." Svens Feindseligkeit, die er jedes Mal zu Anfang ihrer Begegnungen ganz unverhohlen zeigt, macht Herrn Wernicke zu schaffen.

„Ja – ich hab jetzt noch 'ne Behinderte um mich. In der Schule haben wir jetzt auch eine", platzt Sven heraus.

„Wie? Ihr habt ein mongoloides Mädchen in der Klasse?", Herr Wernicke kann es kaum glauben.

„Ach, Papa! Nein, nich so wie Lisa. Sie sitzt im Rollstuhl", erklärt Sven.

„Na, dann is sie ja wohl im Kopf in Ordnung – oder? Nicht so beschränkt wie Lisa. Hätte mich auch gewundert: ein Mongölchen auf dem Gymnasium."

„So bekloppt, wie du immer denkst, is die Lisa gar nich..."

„Was darf's denn sein, bitte?" Die Servíererin würgt Svens Rede ab.

„Was gibt's denn heute als Stamm?", fragt Svens Vater.

„Bratwurst mit Rotkohl und Kartoffelpüree."

„Nimmst du das auch, Sven?" – „Ja, klar!"

„Also zweimal den Stamm, ein kleines Bier und ne Cola", bestellt Herr Wernicke. Dann wendet er sich wieder seinem Sohn zu:

„Was wolltest du gerade sagen?"

„Ich hab gesagt, so bekloppt is die Lisa gar nich. Neulich hab ich mit ihr Memory gespielt und sie hat das echt gut hingekriegt. Sie hat zwar 'ne Weile überlegen müssen, aber sie hat's gepackt. Am Ende hatte sie genauso viele Karten wie ich."

„So", sagt Herr Wernicke nur und starrt aus dem Fenster. Er hört einen Vorwurf aus Svens Bericht heraus. Weiß nicht, wie er darauf reagieren soll. Was will Sven von ihm? Will er ihm sagen, dass alles nicht so schlimm ist? Soll er, der Vater, wieder nach Hause kommen?

Die Serviererin stellt Bier und Cola auf den Tisch. „Essen kommt gleich", sagt sie und ist schon wieder weg.

„Was willste mir denn jetzt damit sagen?", fragt Herr Wernicke seinen Sohn.

„Ach, gar nix – überhaupt nix!" Sven bereut schon, dem Vater von Lisas Erfolg erzählt zu haben. Das bringt ja nichts. Den Vater wird das nicht beeindrucken. Zurückkommen wird er nie im Leben. Ist vielleicht auch besser so. Sonst geht das alles wieder von vorne los. Die miese Laune. Die Streitereien. Das Rennen in die Kneipe. Aber schwer fällt es der Mutter schon. So allein mit allen Problemen. Das sieht Sven ja.

„Wieso haste eigentlich den Unterhalt für diesen Monat noch nicht überwiesen?" Svens Stimme hat einen aggressiven Unterton.

„Das geht dich 'nen Dreck an", braust der Vater auf. „Das is 'ne Sache zwischen deiner Mutter und mir. Nur zwischen ihr und mir." Und nach einer kleinen Pause: „Wieso weißt du das überhaupt? Redet deine Mutter mit dir über solche Sachen? Wer weiß, was sie dir noch alles erzählt!"

„Ich weiß das, weil Lisa ne neue Jacke braucht und Mama gestern eine kaufen wollte. Da hat sie es erwähnt. – Und im Übrigen: Das geht mich sehr wohl was an, wie du Mama und uns behandelst. Ob du uns das Geld gibst oder nicht. Ich bin kein kleines Kind mehr und ich seh ja, wie Mama sich abrackern muss, um alles allein auf die Reihe zu bekommen. Und du machst dir nen schlanken Fuß!"

Herr Wernicke will heftig erwidern, aber da steht die Kellnerin neben ihm. Rückt mit einer Hand die Gläser beiseite und setzt die Teller, die sie geschickt auf Arm und Hand balanciert hat, vor die beiden Gäste.

„Na denn guten Appetit!", wünscht sie und ist wieder verschwunden.

Das hat Herrn Wernicke aus dem Konzept gebracht. Er weiß nicht mehr, was er sagen wollte. Und der ganz große erste Zorn ist verpufft.

Schweigend und ohne sich anzusehen, essen Vater und Sohn Bratwurst, Rotkohl, Kartoffelpüree. Dazwischen ab und zu ein Schluck Bier, ein Schluck Cola. Nur das Klicken von Messer und Gabel auf den Steinguttellern ist zu hören. An den Nachbartischen wird auch nicht viel gesprochen. Dagegen geht es am Tresen einigermaßen lebhaft zu.

Nach dem Essen verlangt der Vater die Rechnung und zahlt. „Woll'n wir noch was machen?", fragt er. „Billard oder Kino oder sonst was? Ich hab den Nachmittag frei."

„Nee, lass man stecken, Papa. Könn'n wir 'n an-

69

dermal machen. Ich hab 'nen Haufen Hausaufgaben auf. Besser, ich geh jetzt nach Hause." Vater und Sohn stehen vor der Eingangstür des Lokals.

„Na, wie de willst, Sven. Denn grüß mal Mama und Lisa schön von mir. Kannst Mama sagen, ich hab das Geld gestern überwiesen. Müsste sie morgen haben. Spätestens übermorgen. – Soll ich dich mitnehmen und irgendwo absetzen?"

„Nee, danke, nich nötig. Ich nehm den Bus."

„Ruf mich an, wenn du mich sehen willst. Oder ich melde mich."

„Ja, Papa. Ciao!"

„Mach's gut, Junge. Bis bald. Tschüs!"

15.

„Du bist ja immer noch da", zischt Sven. Drängt sich in der Pause auf dem Weg zum Hof ganz dicht an Majas Rollstuhl vorbei.

70

„Ja", lacht Maja unbekümmert. Schaut ihm gerade ins Gesicht. „Und das wird auch so bleiben. Du wirst dich an meinen Anblick gewöhnen müssen!"

Sven vermeidet jeden Blickkontakt mit Maja. Stiert einfach in die Luft. Schnaubt noch: „Wart's ab!" Und ist in der Menge der Hinausströmenden verschwunden.

Das Ganze hat sich so rasch und leise abgespielt, dass Karen, die in dem Gedränge ein wenig nach hinten geschoben wurde, überhaupt nichts davon mitbekommen hat. Und Maja sagt auch nichts, als Karen wieder neben dem Rollstuhl angekommen ist.

Aber jemand anders hat zugesehen und zugehört. Jetzt läuft auch er neben dem Rollstuhl.

„Hat er dich wieder angemacht! Ich werd' ihn mir mal vornehmen."

„Nein, bitte nicht, Markus! Es ist nett gemeint. Aber ich komm alleine klar. Bis jetzt jedenfalls. Es war nur eine Bemerkung, eine gemeine zwar, aber schließlich nur eine Bemerkung."

„Und eine Drohung!" Markus versteht nicht, warum Maja sich nicht helfen lassen will. Aber als Maja mit ihrem hinreißenden Lächeln zu ihm hoch schaut, ist seine Enttäuschung verflogen.

„Was machst du eigentlich nachmittags so?", fragt er.

„Heute ist sie mit mir verabredet." Blitzschnell ist Karen mit ihrer Antwort Maja zuvorgekommen.

„Ja", beruhigt Markus die aufgeregte Karen, „ich meine ja auch nicht unbedingt heute. Grundsätzlich. Kann man auch mal mit dir zusammen was machen? Kino, Eisdiele oder irgendwo hinfahren?"

„Man", lacht Maja, „da bin ich nicht so sicher, ob *man* das kann. Da müsste ich schon wissen, wer „man" ist. Aber wenn du meinst: ob *du* mit mir etwas unternehmen kannst – klar. Ich sitze nur dumm zu Hause rum, wenn ich keinen Namen und keine Handynummer habe." Dabei zwinkert sie Karen belustigt zu.

„Ja. Ich würde sehr gern mal am Nachmittag

mit dir zusammen sein", bestätigt Markus und wird rot, als ihm klar wird, dass dieser Satz zweideutig aufgefasst werden kann.

Aber Maja hat das offenbar nicht bemerkt. Freundlich lächelnd sieht sie ihn an – ist ihr aufgefallen, dass er rot geworden ist? – und meint: „Ja, klar. Ich würde gerne mit dir irgendwo hingehen oder besser: fahren. Nur heute geht's nicht, da will ich mich mit Karen treffen." – „Und übrigens", fügt sie hinzu, „ich gehe sogar ab und zu in eine Disco. Wenn jemand bereit ist, mich mitzunehmen. Mit dem Tanzen ist das zwar ein bisschen schwierig, aber wenn es in der Disco Nischen gibt, wo man sitzen kann, dann mag ich ganz gern mit Freunden dort zusammen sein. Auch wenn die zwischendurch tanzen. Das macht mir nichts aus. Ich mag einfach die Atmosphäre dort."

Ein erstaunliches Mädchen. „Was würdest du denn am liebsten machen?"

„Am liebsten würde ich zuerst mal die Stadt kennenlernen. Hier ist alles neu für mich. Es gibt doch sicher ein paar Sachen, die ich gesehen haben sollte. Da wär's schön, wenn jemand mit mir herumfahren und mir alles zeigen und erklären könnte."

„Gute Idee. Ich werde schon mal alles vorbereiten. Einen Plan machen. Und mich über die einzelnen Orte schlau machen. Denn so genau weiß ich auch nicht über alles Bescheid. Und dann verabreden wir uns. Einverstanden?"

„Ja, toll, Markus. Ich freu mich schon drauf. Gib mir bitte nachher, wenn wir wieder in der Klasse sind, noch deine Handynummer. Und ich geb' dir meine. Damit uns nicht dasselbe passiert wie Karen und mir gestern. Wir wollten uns anrufen. Aber keine von uns hatte Namen und Nummer der anderen."

Markus kann nicht verhindern, dass er wieder rot wird. Vor Aufregung. Dass Maja seine Handynummer haben will. Und ihm ihre gibt. Aber diesmal sieht Maja ihn nicht an. Sie hat sich zu Karen gewandt, die die Unterhaltung mit gemischten Gefühlen verfolgt hat. Der Markus soll ihr nicht in die Quere kommen. Ihr gefälligst nicht die neue Freundin wegschnappen. Maja ist jetzt erst mal ihre, Karens Freundin. Das soll er, bitteschön, zur Kenntnis nehmen.

„Karen, wir haben noch gar nichts vereinbart

für heute Nachmittag. Hast du Lust, zu mir zu kommen?", fragt Maja.

„Ja, klar, gerne." Die finstere Miene verschwindet aus Karens Gesicht. „Wenn's dir recht ist, komme ich gleich nach dem Mittagessen. Wir können erst Hausaufgaben machen und danach überlegen wir, ob wir noch irgendwohin gehen wollen."

„Ja, o.k.", stimmt Maja zu. „Und wann wirst du dann bei mir sein? So pi mal Daumen?"

„Ich denke, so gegen drei."

Zurück im Klassenraum tauschen Maja und Markus Adressen und Handynummern.

Als sie an der ersten Reihe vorbeikommen, sagt Sven laut und deutlich zu Torsten: „Typisch! Die im Rollstuhl als Freundin, das passt zu dem Streber!"

Aber Maja und Markus sind so beschäftigt, dass sie nichts hören.

16.

„Wie war denn dein Treffen mit Papa?", fragt Frau Wernicke ihren Sohn.

„Wie immer", antwortet Sven mürrisch.

„Was heißt: wie immer?", fragt Frau Wernicke schon ein wenig ungeduldig.

„Na, essen, 'n bisschen quatschen und tschüs."

„Hat er denn keine Zeit gehabt?"

„Doch."

„Und warum wart ihr dann nicht länger zusammen? Hat er kein Interesse an euren Treffen?"

„*Ich* hatte keine Lust."

„Wieso hattest du keine Lust?" Frau Wernicke versteht nicht.

„Weil er blöde ist."

„Er ist dein Vater, Sven."

„Na und?" Sven platzt allmählich der Kragen. „Unter einem Vater stell ich mir was andres vor. Was macht er denn? Kümmert sich 'n Scheiß um uns. Lässt uns mit allem allein!"

„Sven!", versucht die Mutter, ihn zu bremsen.

„Na, is' doch wahr! Jeden Monat das Affentheater mit dem Unterhalt. Ach, übrigens – er sagt, er hat das Geld überwiesen. Soll ich dir sagen."

„Aber mit dem Geld hast du doch nichts zu tun, Sven. Das ist doch eine Sache zwischen ihm und mir. Das betrifft doch nicht eure Beziehung, die zwischen ihm und dir."

„Ach, Mama, das verstehste nich'. Man kann mit ihm nich' reden, nur so bla, bla. Mehr is' nich' drin. Was hab ich von einem Vater, der mit mir Billard spielt oder ins Kino geht? Das mach ich lieber mit meinen Kumpels. Mit 'nem Vater will man schließlich auch mal reden. Ich meine richtig. Mal über Probleme oder was man so erlebt hat oder was man nich' versteht. Aber das kannste nich' mit ihm. Und mit Lisa hat er ja nun überhaupt nix am Hut. Um die könnt' er sich auch mal kümmern. Nich' alles uns überlassen. Und wie's dir geht, das is' ihm so was von egal!"

„Ach, Sven", versucht Frau Wernicke, ihren Noch-Ehemann zu verteidigen. „Du musst das verstehen. Er ist mit der Situation überfordert. Als wir erfahren haben, was mit Lisa ist, war er völlig fertig. Er konnte es nicht fassen. Er hatte sich so auf ein Mädchen gefreut. Und dann das Down-Syndrom. Er hat gemeint, er wird für irgendwas bestraft. Und als er nichts gefunden hat, wofür er bestraft werden könnte, ist er wütend geworden. Seine Wut hat er dann an mir und Lisa ausgelassen. Du bist davon verschont geblieben. Denn du warst sein Sohn und ganz in Ordnung. Auf dich war er sogar stolz. Sein Sohn geht aufs Gymnasium. Damit hat er überall angegeben. Mir und Lisa hat er die Schuld gegeben. Woran, weiß ich bis heute nicht. Denn an so was ist niemand schuld. Es passiert eben. Und es wurde immer schlimmer mit ihm, ständig hatte er schlechte Laune, war gereizt, ist beim kleinsten falschen Wort sofort an die Decke gegangen. Am Ende war die Kneipe sein Zuhause. Nein, nein, es ist schon besser, dass er nicht mehr bei uns wohnt. Für uns alle. Ich hätte den ständigen Streit mit ihm nicht mehr lange ertragen. Neben der Arbeit und der Sorge um Lisa. Und Lisa ihm zuliebe vernachlässigen, das kam für mich nicht in Frage. Ohne ihn ist die Stimmung jetzt einigermaßen entspannt. Auch wenn's manchmal anstrengend ist für mich. So ganz allein. Findest du nicht auch, dass es uns jetzt besser geht als früher? Dass mehr Ruhe herrscht als in der Zeit mit Papa?"

Sven sieht die Mutter verblüfft an. So lange Reden hält sie im Allgemeinen nicht. Das hier ist schon rekordverdächtig. Aber nicht nur die Länge der Erklärung erstaunt ihn. Er hat immer angenommen, seine Mutter würde unter der Abwesenheit des Vaters leiden Und nun stellt sich raus, dass die Mutter lieber ohne als mit Ehemann lebt. Jedenfalls ohne *diesen* Ehemann.

„Meinst du nicht, dass wir ganz gut alleine klarkommen?", drängt die Mutter auf eine Antwort.

„Ja, schon", bestätigt Sven zögernd. „Aber du machst es ihm zu leicht, find ich. Du legst dich krumm und hetzt dich ab, und er macht sich 'nen schönen Lenz. Er muss auf nichts verzichten. Wir müssen jeden Cent dreimal umdrehen."

„Das stimmt nicht", widerspricht Frau Wernicke. „So übermäßig viel verdient dein Vater nicht. Dafür zahlt er eine ganze Menge. Ich meine, im Verhältnis zu seinem Lohn. Sicher muss er da auch auf so manches verzichten. Jeden Tag in die Kneipe rennen, ist garantiert nicht mehr drin. Und auch sonst muss er überlegen, was er kauft. Ob er dies oder das wirklich braucht. Das Rauchen hat er sich schon abgewöhnt. Um Geld zu sparen. Im Gegensatz zu dir!" Frau Wernicke lächelt ihren Sohn belustigt an.

Sven kann es nicht fassen: „Woher weißt du das, Mama?"

„Was?"

„Dass ich rauche. Und dass Papa sich das Rauchen abgewöhnt hat."

„Deine Sachen riechen danach, wenn ich sie in die Waschmaschine stecke. Und was deinen Vater angeht, er und ich, wir telefonieren von Zeit zu Zeit miteinander. Jetzt, wo die Lage sich entspannt hat, sind wir uns nicht mehr böse. Und manchmal, wenn auch selten, verabreden wir uns. Mal im Café. Mal auch im Supermarkt."

„Im Supermarkt?!"

„Ja. Wenn er einkaufen will und ich auch. Wenn

sich das zufällig so ergibt. Das heißt, wenn bei unserem Telefongespräch davon die Rede war, dann treffen wir uns im Supermarkt, gehen nebeneinander her, sprechen miteinander und füllen nebenbei noch unsere Einkaufswagen. Das ist ganz praktisch. Zwei Fliegen mit einer Klappe, verstehst du?"

Sven schaut die Mutter mit offenem Mund an. Ein bisschen viel, was er heute erfährt. Was er alles nicht wusste. Eine kleine Wut steigt in ihm hoch.

„Warum weiß ich das alles nicht?" In Svens Stimme schwingt ein aggressiver Unterton.

„Weil du so sehr mit dir selbst beschäftigt bist, Sven. Mit deiner Clique. Mit der Schule. Mit diesem und jenem. Du sagst, du kannst mit deinem Vater nicht reden. Aber mit mir redest du doch auch nicht. Jedenfalls nicht wirklich. Mit wem redest du denn überhaupt? Mit deinen Freunden?"

Wortlos wendet sich Sven um und verlässt die Wohnung.

17.

„Na, hat sie's dir übelgenommen?" Mit dieser Frage empfängt die Großmutter die Enkelin, als Karen in die Küche kommt. Heute hat die Oma nicht vor dem Hexenhäuschen gewartet. Sie ist noch mit Kochen beschäftigt.

„Nein, Oma, überhaupt nicht. Maja hat gar nicht verstanden, was ich mir für Sorgen mache."

„Siehst du, ich habe es gewusst. Es hätte mich auch gewundert. Du hast dir doch nicht wirklich etwas vorzuwerfen. Hast du jetzt wenigstens Majas Handynummer?"

„Aber klar, Oma. Name, Anschrift, Handynummer – alles, was dem Datenschutz unterliegt", lacht Karen.

„Und – habt ihr euch gleich verabredet?"

„Ja, heute Nachmittag gehe ich zu ihr. Erst machen wir Hausaufgaben und dann überlegen wir, was wir noch unternehmen können", gibt Karen bereitwillig Auskunft.

„Wo geht es hin, das Kind?" Die Stimme kommt aus dem Wohnzimmer.

„Mama! Mama ist zu Hause?" Karen flitzt ins Wohnzimmer und umarmt die Mutter stürmisch. „Wieso bist du zu Hause? Hast du Urlaub?"

„Nein, mein Schatz. Keinen Urlaub. Ich habe mir Arbeit mit nach Hause genommen. Hier ist mehr Ruhe als im Redaktionstrubel."

„Trotzdem schön, dass du da bist, auch wenn du arbeiten musst." Karen hat auf dem Schoß der Mutter Platz genommen.

„Und du, was hast du heute vor?", fragt die Mutter. „Wie ich schon gehört habe, hast du mit Maja gesprochen. Ihr wollt euch heute treffen?" Die Mutter ist am Abend zuvor in alle Neuigkeiten eingeweiht worden. Sie ist im Bilde.

„Ja, Mama. Gleich nach dem Essen gehe ich zu ihr. Wenn wir mit den Hausaufgaben fertig sind, wollen wir noch zusammen irgendwohin."

„Habt ihr was Bestimmtes vor?"

„Nein, bis jetzt noch nicht."

„Dann schlage ich euch einen Besuch im Stadt-museum vor. Da gibt es im Moment eine sehr gute Ausstellung über die Geschichte unserer Stadt. Maja ist neu hier. Das könnte interessant für sie sein. Für dich übrigens auch."

„Ja, das ist eine tolle Idee. Maja wollte sich so-wieso über alles hier informieren. Sie wird ..."

„Essen – meine Mädchen!", ruft die alte Frau Baier aus der Küche. „Das Essen ist fertig und möchte nicht kalt werden."

„Ja, Oma, wir kommen!" Karen springt vom Schoß herunter. Greift nach der Hand der Mut-ter. Zieht sie hinter sich her in die Küche.

Eine Weile sind alle schweigend mit Essen be-schäftigt. Dann wendet sich die junge Frau Bai-er an ihre Schwiegermutter: „Hast du heute schon die Zeitung gelesen, Ursula?"

„Nein, ich bin noch nicht dazu gekommen. War-um fragst du?"

„Nun, es hat in unserer Stadt einen Überfall von

Jugendlichen auf einen Behinderten gegeben."

„Was sagst du da?"

„Ja, ich hätte das auch nicht für möglich gehalten. Nicht in unserer Stadt, die sich immer als so freundlich und friedlich darstellt. Aber es ist passiert."

„Und was genau ist geschehen?", fragt die Großmutter.

„Es hat sich offenbar um einen Spastiker gehandelt, der durch seine Bewegungen auffiel. Jedenfalls ist er schwer misshandelt worden. Geprügelt und getreten. Er liegt im Krankenhaus."

Alles Blut ist aus Karens Gesicht gewichen. Sie hat sofort an Maja und an Svens Attacke gedacht.

„Wer war denn das?", fragt sie.

„Du meinst, wer da geprügelt hat?", fragt die Mutter zurück. Und als Karen nickt, fährt sie fort:

„Nach Zeugenaussagen sind es Jungen aus dem

Neubaugebiet gewesen. Genaues weiß man aber noch nicht. Zwei von ihnen sind vorübergehend festgenommen worden. Mittlerweile sind sie wieder auf freiem Fuß, weil ihnen bis jetzt nichts nachgewiesen werden konnte. Es werden noch weitere Zeugen gesucht."

Aus dem Neubaugebiet. Im Neubaugebiet wohnt auch Sven.

Mutter und Großmutter ahnen, was Karen durch den Kopf geht.

„Karen, es besteht kein Grund zur Panik. Bis jetzt war das ein einmaliger Vorfall in unserer Stadt. Ich denke, du und Maja, ihr müsst keine Angst haben, wenn ihr durch die Straßen fahrt. Ein bisschen Wachsamkeit kann allerdings nicht schaden."

Typisch Mama, denkt Karen, immer cool und sachlich und nüchtern. Nur keine Aufregung. Ob das mit ihrem Beruf als Journalistin zusammenhängt? Wenigstens kann man mit ihr über alles reden. Ohne dass sie gleich ausrastet. Das ist natürlich toll. Es wäre allerdings ganz schön, wenn sie manchmal ein bisschen mehr ihre Gefühle zeigte. Damals, als Papa starb ... Na ja, sie musste sich ja um alles kümmern. Dafür sorgen, dass das Leben weiterlief. Für Oma, Karen und auch sie selbst. Da konnte sie sich nicht lange aufhalten mit großen Emotionen.

„Und was passiert jetzt?", fragt Karen.

„Die Jungen sind strafmündig. Also wird es einen Prozess geben", erklärt die Mutter. „Aber viel wichtiger ist: Was wird die Stadt unternehmen, dass so etwas nicht wieder vorkommt?"

„Werdet ihr darüber schreiben?", wendet sich die Großmutter an die Schwiegertochter.

„Ja, ich plane einen ausführlichen Bericht. Mit Hintergründen: aus welchem Umfeld, aus welchen Familien die Jungen kommen."

„Warum machen die so was?", fragt Karen leise.

„Ja, warum machen die so was, Karen?", wiederholt ihre Mutter die Frage. „Ich weiß es nicht, wir können nicht in ihre Köpfe hineinschauen. Vielleicht bekommen sie zu Hause nicht genug Aufmerksamkeit. Vielleicht fühlen sie sich ausgegrenzt oder benachteiligt. Vielleicht werden sie aufgehetzt. Vielleicht tun sie es auch einfach nur aus Langeweile."

„Aus Langeweile?!"

„Ja, du glaubst gar nicht, was sich in einer Gruppe abspielt, die sich langweilt. Da muss ein Kick her. Und wenn dann zufällig jemand vorbeikommt, der nicht so aussieht oder sich nicht so benimmt wie alle anderen ..."

„Dann wird einfach drauf losgeprügelt?!", ruft Karen empört.

„Ja, im ungünstigsten Fall wird dann einfach drauf losgeprügelt", bestätigt ihre Mutter.

„Das sind ja tolle Aussichten." Karen springt auf. Ihr ist der Appetit vergangen. Der Rest des Essens bleibt auf dem Teller liegen. „Ich geh jetzt zu Maja", erklärt sie den beiden Frauen, die einigermaßen verblüfft ihren heftigen Aufbruch verfolgen. Die Großmutter will etwas sagen wie: Du hast doch noch gar nicht zu Ende gegessen. Aber die Schwiegertochter, die ihr Vorhaben bemerkt, legt ihre Hand beruhigend auf die der Schwiegermutter und sagt leise: „Lass sie gehen, Ursula. Sie muss das jetzt erst einmal verdauen."

„Passt auf euch auf!", ruft die junge Frau Baier noch. Dann hört man in der Küche, wie die Haustür ins Schloss fällt.

18.

„Hej, da seid ihr ja endlich", begrüßt Lars Grünwald die Kumpel Sven und Torsten, die lässig auf die Gruppe zuschlurfen. Schultern hochgezogen. Hände in den Jeanstaschen. „Heute seid ihr dran mit Beschaffen! Wir brauchen Fluppen. Und 'n bisschen Gerste wär' auch nicht schlecht."

„Alk kriegen wir doch nirgends", wendet Torsten vorsichtig ein.

„Ach, halt's Maul, Torsten." Sven ist heute grottenschlecht drauf. „Is' o.k., Lars. Wir probieren's. Komm, Torsten!"

Im ersten Supermarkt will die Kassiererin die Ausweise sehen. Haben sie nicht. Gut – gibt's eben auch kein Bier.

„Blöde Kuh!" Svens Beleidigung lässt die Kassiererin kalt. Ungerührt zieht sie schon die Artikel einer nachfolgenden Kundin über den Scanner. Das Six-Pack hat sie unter ihrem Sitz verstaut.

Also auf zum nächsten Supermarkt. Die Kassiererin zieht das Six-Pack über den Scanner, ohne hochzublicken. Dann, als sie das Geld entgegennehmen will, sieht sie die beiden Jungen an.

„Moment mal", sagt sie und legt die Hand auf die Packung. „Wie alt seid ihr denn?"

„18", antwortet Sven.

„18?! – So seht ihr aus! Zeigt mal eure Ausweise! Wenigstens einer jedenfalls."

„Ham wir nich' dabei", sagt Sven patzig.

„Tja, dann tut's mir Leid. Dann kann ich euch das Bier nicht geben." Das Six-Pack verschwindet unter dem Kassentisch. Die Kassiererin flucht. Sie muss ein Storno anmelden.

„Scheißladen!" Auch Sven flucht. Verlässt mit Torsten wutschnaubend den Supermarkt.

„Komm, versuchen wir's bei Schmitti. Vielleicht

nimmt der's nicht so genau. Da können wir auch gleich die Fluppen holen."

Schmitti ist der Zeitschriften- und Tabakhändler im Hochhaus der Siedlung. Schmitti verkauft auch Bier, nicht in solchen Mengen wie der Supermarkt. Aber ein paar Six-Packs für den „Notfall" hat er immer parat.

„Na, Jungs, was soll's denn sein?" Schmitti kennt die beiden. Er kennt fast alle hier aus dem Block.

„Erst mal 'ne Packung Zigaretten - bitte." Sven schenkt sich oft das „Bitte". Jetzt hält er es für angebracht. Vielleicht stimmt es Schmitti gnädig. Für das Bier.

„Das Übliche?", fragt Schmitti.

„Ja."

„Und sonst noch was?", fragt Schmitti.

„Jaaa", dehnt Sven die Antwort. „Ich soll noch 'n Six-Pack holen, Herr Schmitt." Wer ihm den Auftrag gegeben hat, lässt Sven offen. „Is' das möglich? Ausnahmsweise?"

Donnerwetter!, denkt Torsten. Wenn er will, kann der ja richtig vierlagig quatschen.

Schmitti sieht Sven lange an. Er zögert. Die Entscheidung fällt ihm nicht leicht.

„Du weißt, dass ich das eigentlich nicht darf, Sven", meint er schließlich.

Sven nickt. Hält aber den Mund. Sieht Schmitti nur erwartungsvoll an. Schmitti hat „eigentlich" gesagt...

„Kriegt deine Mutter heute Abend Besuch?", will Schmitti wissen.

Sven schaltet sofort: „Ja, ein paar Nachbarn wollen kommen. Und Mama hat vergessen, was zu besorgen."

„Also gut, Sven, ausnahmsweise. Das nächste Mal muss deine Mutter aber schon selber kommen. Du bist schließlich noch nicht mal 16. Erzähl das bloß nicht rum, dass ich dir was verkauft habe. Ich komm sonst in Teufels Küche!"

„Klar, Mann, ich sag niemand was. Und danke

schön. Das is' sehr nett von Ihnen, Herr Schmitt. Meine Mutter wird sich freuen, dass sie nich' mehr runtermuss." Sven triumphiert innerlich, dass es geklappt hat. Lässt sich aber nichts anmerken. Lars wird ganz schön blöd aus der Wäsche gucken. Der rechnet doch nicht damit, dass sie das schaffen, ein Six-Pack anzuschleppen. Der macht sich doch 'n Spaß draus, die „Kleinen" loszuschicken, um sich dann zu beölen, wenn sie ohne Alk, nur mit 'ner Packung Glimmstängel zurückkommen.

„Ja, ja, deine Mutter, immer im Stress. Und dann noch die Belastung mit Lisa."

„Hmm", macht Sven nur. Zahlt. Nimmt das Rückgeld entgegen. Und hat es jetzt sehr eilig.

„Tschüs, Herr Schmitt! Und noch mal schönen Dank!" Und zu Torsten gewandt: „Los, komm, lass uns gehen!" Raus sind sie mit Bier und Zigaretten.

19.

Lars und die Clique staunen nicht schlecht, als

93

Sven und Torsten heranschlendern. Das Six-Pack baumelt zwischen Svens Daumen und Mittelfinger.

„Haben's unsre beiden Pimpfe tatsächlich geschafft!" Eigentlich will Lars sich ein bisschen über die beiden Jüngsten lustig machen. Ein Quäntchen Bewunderung schwingt in seiner Stimme aber doch mit.

„War überhaupt kein Problem", erklärt Sven, „nich', Torsten?"

„Nee, überhaupt nich'", bestätigt Torsten.

„Und wer hat euch die 16 geglaubt?" Das interessiert Lars jetzt doch.

„Das is' unsre Sache!" Sven ist nicht bereit, seine Quelle preiszugeben. Außerdem hat er versprochen, Schmitti nicht zu verpetzen.

„Na, wie de meinst, Alter." Lars lässt die Sache auf sich beruhen. „Aber rück jetzt mal rüber mit dem Teil!"

Die Jungen lassen sich auf der niedrigen Mauer nieder, die den Gartenteil zwischen den Häuserblöcken einfasst. Kronenkorken fliegen durch die Luft. Erst mal drei Flaschen machen die Runde. Heute sind sie nur zu acht. Da kommt auf jeden fast eine ganze Flasche.

Aber das reicht nicht. Lars zieht plötzlich aus seinem abgeranzten Rucksack, den er ständig bei sich trägt – Sven hat mal zu Torsten gesagt: „Mit dem geht er wahrscheinlich noch pennen." -, Lars zieht aus seinem Rucksack eine 0,75-Flasche mit einer klaren Flüssigkeit.

„Ej, Alter, wo haste die denn her?", fragt einer aus der Gruppe.

„Gestern geklauft, im Supermarkt vorne", gibt Lars bereitwillig Auskunft.

„Wie haste die denn rausgekriegt?", fragt Sven.

„Das is' meine Sache!", kontert Lars Svens Spruch.

Auch die Flasche mit der klaren Flüssigkeit macht die Runde. Warm ist es heute. Der Alkohol steigt rasch in den Kopf. Als die Flasche zum dritten Mal bei Sven ankommt, reicht er sie, ohne einen Schluck zu nehmen, weiter. Fragt mürrisch in die Runde: „Müsst ihr euch unbedingt die Birne total zuknallen?"

„Was haste denn dagegen? Biste aus'm Training?", schießt ihn Lars an.

„Ach, leck mich!" Svens schlechte Laune kehrt zurück.

Nachdem die Flasche noch ein paar Mal rumgegangen und fast leer ist, schlägt Lars vor: „Lasst uns noch 'n bisschen in die Zitti geh'n. Vielleicht is' was los. Oder wir machen was los."

„Okay, Chef! Gute Idee!" Mike findet alles super, was von Lars kommt.

Langsam trottet die Gruppe Richtung Innenstadt.

„Ej, Alter, guck mal, da unten am Markt, da fährt eine im Rollstuhl. Woll'n wir uns die mal näher angucken?" Aufgeregt hopst Mike von einem Bein auf das andere.

20.

„Das war wirklich eine tolle Ausstellung, Karen. Ich wusste gar nicht, dass es in dieser Stadt so viel Interessantes gibt. Und dass sie so eine bewegte Geschichte hat."

„Ich muss gestehen, so genau wusste ich das auch nicht", gibt Karen zu. „Aber sag mal, wollen wir nicht noch irgendwo ein Eis essen? Oder was trinken?"

„Ja, unbedingt. Es war ziemlich heiß im Museum. Ich hab einen Riesendurst."

Karen will den Rollstuhl schieben, aber Maja wehrt ab: „Nein, nein, ich komm schon alleine klar. Geh lieber neben mir, dann können wir ein bisschen quatschen."

„Wohin wollen wir denn gehen?" Karen bleibt unschlüssig stehen.

„Das musst du entscheiden, Karen. Ich kenn mich hier noch nicht besonders gut aus. Wo gehst du denn am liebsten mit Freunden hin?"

„Ich? Tja – äh – ja, wir gehen nach der Schule

ganz gern ins ‚Rudolfino'. Da gibt's superlecke-res Eis."

„Na ja, dann lass uns doch dorthin gehen. Und wo ist das?"

„Gleich drüben in der Fußgängerzone."
Es ist warm und sonnig, und so suchen sich die Mädchen einen Tisch draußen vor dem Café. Die Kellnerin hat sie sofort entdeckt und nimmt die Bestellung auf: zwei ‚Eisbecher Rudolfino' und eine große Flasche Wasser.

Karen ist auf einmal sehr still. Soll sie Maja von dem Übergriff erzählen, den ihre Mutter beim Mittagessen erwähnt hat? Soll sie die Freundin – vielleicht unnötig – beunruhigen? Anderer-seits, wenn Maja Bescheid weiß, kann sie sich vielleicht besser auf eine brenzlige Situation ein-stellen. Allerdings - Karen hat Maja bis jetzt ziemlich unerschrocken erlebt; es ist also gar nicht gesagt, dass Maja sich von so einer Ge-schichte beeindrucken, geschweige denn ein-schüchtern lässt.

„Du sagst gar nichts, Karen. Ist irgendwas?"
Maja hat Karens langes Schweigen bemerkt.

„Nein, nichts Besonderes – oder doch. Ich überlege noch, ob ich es dir überhaupt erzählen soll."

„Jetzt musst du es erzählen. Das gilt nicht: erst Andeutungen machen und dann nichts sagen."

„Also gut", beginnt Karen. „Meine Mutter hat heute beim Mittagessen von einem Vorfall hier in der Stadt berichtet. Eine Gruppe von Jugendlichen hat einen Spastiker angegriffen. Der liegt jetzt im Krankenhaus."

Entsetzt schaut Maja Karen an. „Das ist ja furchtbar! Ist der Spastiker schwer verletzt?"

„Ich glaube schon. Aber ich weiß es nicht genau."
„Und wer hat das getan?"

„Ein paar Jungs aus der Neubausiedlung." Und nach einer kurzen Pause fügt Karen hinzu: „Sven wohnt da."

„Ach, deshalb wolltest du nichts sagen. Aber es ist doch bis jetzt gar nicht klar, ob Sven dabei war, oder?"

„Nein, natürlich nicht", muss Karen zugeben.

„Und warum...? Ach so, jetzt verstehe ich. Du machst dir Sorgen um mich?" Jetzt erst bezieht Maja den Vorfall auf sich selbst.

Karen nickt, aber Maja beruhigt sie: „Ich habe keine Angst, Karen. Mir wird schon nichts passieren. Und wenn doch, dann soll's eben so sein. Aber bitte – nichts davon zu meiner Mutter. Seit dem Unfall beobachtet sie mich ständig. Wenn sie nun noch von so einer Attacke erfährt, lässt sie mich womöglich überhaupt nicht mehr allein irgendwohin gehen oder besser: fahren. Mir reicht die Überwachung jetzt schon. Noch mehr Kontrolle – das wäre nicht zum Aushalten!"

Karen schaut die Freundin betroffen an. Sie hat Majas Mutter vorhin nur kurz erlebt und fand sie sehr sympathisch.

„Deine Mutter macht so einen patenten Eindruck, sie wirkt so – so – ich weiß nicht, wie ich es ausdrücken soll, so schwungvoll und aktiv und so freundlich."

„Ja, so ist sie auch. Und eigentlich hat sie genug zu tun, mit ihrer Arbeit und der Familie und dem ganzen Drum und Dran. Langeweile hat sie wahrhaftig nicht. Aber seit dem Unfall damals überwacht sie mich dauernd, versucht an meinem Gesicht abzulesen, wie es mir geht, was ich denke, was ich fühle. Und immer hat sie Angst, es könnte was passieren. Klar kann immer was passieren, aber dann ist das eben so. Sie kann mich doch nicht mein ganzes Leben lang behandeln wie ein Baby. Manchmal habe ich das Gefühl, ich ersticke."

„War sie schon immer so überängstlich?"

„Nein, das ist es ja! Früher hat sie mich machen lassen, was ich für richtig hielt. Hat nur ab und zu mit mir diskutiert, wenn sie etwas nicht so gut fand. Im Großen und Ganzen hat sie mir viel Freiheit gelassen. Aber nach dem Unfall ist alles anders geworden. Als ob sie mir nichts mehr zutraut. Alles will sie für mich regeln. Am liebsten wär's ihr, glaube ich, wenn ich den ganzen Tag zu Hause eingesperrt säße. Da wäre ich dann sicher aufbewahrt, es könnte mir nichts passieren." Maja macht nur eine kurze Pause, ehe sie weitersprudelt: „Und wenn ich mal nicht so gut drauf bin, merkt sie das sofort und bohrt dann so lange, bis sie rausgekriegt hat, was los ist. Deshalb versuche ich, immer ein fröhliches Gesicht aufzusetzen. Du kannst mir glauben, das fällt mir manchmal verdammt schwer. Aber wenn ich ihre Fragerei vermeiden will, muss ich das machen."

„Sie hat wahrscheinlich große Angst, dass noch einmal so etwas Schlimmes passiert", versucht Karen einzuwenden.

„Ja, das weiß ich ja. Aber sie kann doch nicht ihr ganzes Leben in Angst verbringen. Und mich damit womöglich noch anstecken. Ich will doch einfach leben. So normal, wie es eben möglich ist, behandelt werden. Ich kann vieles alleine schaffen. Und ich bin nicht unglücklich, wie sie meint, ich bin nur nicht ständig zum Bersten gut drauf. Aber das geht doch jedem so, oder?"

„Ja, sicher", bestätigt Karen. „Hast du denn schon mal mit deiner Mutter darüber gesprochen? Ich meine, wie sehr dich ihre Überwachung belastet."

„Nicht so richtig", gibt Maja zu. „Ich versuche, mich zu entziehen, oder ich spiele die Fröhliche oder sage ihr, wenn sie zu sehr nervt, sie soll das lassen. Aber so richtig ausführlich darüber gesprochen – nein, das haben wir noch nicht."

„Dann versuch das doch mal. Vielleicht bringt es

ja was." Karen macht sich jetzt über die Pfütze in ihrem Eisbecher her; während sie zugehört hat, ist der Rest vom Eis im Glas geschmolzen. Als sie den langen Löffel beiseite legt und aufblickt, zuckt sie zusammen.

„Was ist?", fragt Maja, die das bemerkt hat.
„Ist das da hinten nicht Sven?"

Maja dreht sich mit dem Rollstuhl um und schaut in die von Karen angedeutete Richtung.

„Ja, könnte sein", bestätigt sie. „Und wer sind die anderen, die da bei ihm stehen?"

„Keine Ahnung. Der eine da, rechts von ihm, das könnte Torsten sein. Aber die anderen – das ist wahrscheinlich seine Clique aus der Siedlung."

„Die aus der Neubausiedlung?"

„Ja, vermutlich."

„Täusche ich mich, oder gucken die her zu uns?", fragt Maja.

„Du täuschst dich nicht. Die gucken her zu uns", meint Karen und atmet schneller. Sie denkt an den Nachhauseweg. Auf dem werden sie wohl „Begleitung" haben. Ungebetene. Hoffentlich passiert nichts.

„Ich bring dich noch nach Hause", sagt Karen.

„Wieso das denn?", fragt Maja fast empört. „Das kurze Stückchen kann ich auch alleine fahren."

„Ich möchte aber noch ein bisschen mit dir quatschen", behauptet Karen.

„Ach so. Das ist was anderes. Da hab ich natürlich nichts dagegen."

Wie Karen befürchtet hat, haben sie „Begleitung". Allerdings bleibt die Gruppe auf Distanz. Aber immerhin. Sie folgt den Mädchen. Lautes Lachen und Johlen lässt keinen Zweifel daran, dass sie noch vorhanden ist. Erst in der Birkenstraße, als die Jungen sehen, dass die Mädchen das Grundstück der Simons betreten, bleiben sie stehen. Schauen noch ein bisschen. Und drehen dann um. Nun wissen sie also, wo Maja wohnt. So ein Mist!, denkt Karen.

21.

„Na, da seid ihr ja. War's schön?", begrüßt Frau Simon, Majas Mutter, die Mädchen.

„Ja, ganz toll!" Maja beginnt zu erzählen. Vom Museum. Von den interessanten Dingen, die sie erfahren hat. Von dem hübschen Café, in dem sie gesessen haben. Von Sven, der sie, wenn auch in einigem Abstand, mit seiner Clique verfolgt hat, erzählt sie nichts.

„Ein wirklich nettes Mädchen, die Karen", stellt Frau Simon fest, als Karen gegangen ist.

„Ja, sie ist eine echte Freundin. Kann gut zuhören und gibt gute Ratschläge."

Frau Simon stutzt. Gute Ratschläge? Was für Ratschläge? Aber sie fragt nicht. Hält den Mund.

Nach dem Abendessen verschwindet Herr Simon in seinem Arbeitszimmer. Er war heute nicht sehr gesprächig. Hatte noch das Institut im Kopf.

Maja ist mit der Mutter allein in der Küche.

„Du, Mama, ich müsste mal was mit dir besprechen", beginnt Maja.

„Ja, um was geht's", fragt Frau Simon, während sie die Geschirrspülmaschine ausräumt.
„Nee, nicht so, Mama. Du musst dich schon hinsetzen und zuhören."

Die Mutter stellt noch einen Stapel Teller in den Küchenschrank. Dann setzt sie sich zu Maja an den Tisch. Gespannt blickt sie in das Gesicht der Tochter. Hat das Kind ein Problem? Was kommt da auf sie zu? Seit dem Unfall ist alles so schwierig.

„Ich weiß gar nicht, wie ich anfangen soll", druckst Maja herum.

„Na, versuch's doch einfach mal. Oder ist es so schlimm?" Die Mutter bemüht sich, ihre Stimme leicht und munter klingen zu lassen.

„Weißt du, Mama, deine ständige Sorge, dein ewiges Bemuttern, die ununterbrochene Kontrolle - das nervt unheimlich und stinkt mir gewaltig", platzt Maja jetzt ohne Einleitung heraus.

Majas Mutter ist erst einmal sprachlos. Sie kann sich noch nicht entscheiden: Soll sie erleichtert sein, weil es kein großes Problem gibt, oder beleidigt, weil die Tochter sie so heftig kritisiert. Zu einer Reaktion kommt sie nicht, denn Maja macht auch schon weiter:

„Du behandelst mich wie ein Baby. Dabei kann ich viel mehr, als du denkst. Du traust es mir nur nicht zu. Ich bin doch schon gefesselt – durch den Rollstuhl. Jetzt fessle du mich nicht auch noch durch deine Angst. Ich will, dass alles wieder wird wie früher."

„Nichts ist mehr wie früher, Maja", widerspricht die Mutter nach einem kleinen Schweigen. „Und das weißt du auch sehr gut. Natürlich habe ich Angst. Gerade weil du an diesen Stuhl gefesselt bist. Du kannst, wenn du in Gefahr bist, nicht mehr einfach wegrennen wie früher."

„Ja, ich verstehe ja, dass du dir Sorgen machst. Aber musst du mich deswegen ständig überwachen? Immerzu beobachten und prüfen, in welcher Stimmung ich wohl gerade bin. Das ist total nervig. Ich trau mich schon gar nicht mehr, ein mürrisches Gesicht zu machen, wenn ich mal schlecht drauf bin. Gleich würdest du wieder fragen, was denn ist und ob du was machen kannst. Du musst nichts machen. Denn abgesehen vom lästigen Rollstuhl fühle ich mich wohl. Und alles willst du für mich regeln. Obwohl ich das meiste auch selber machen kann. Wie jetzt gerade am ersten Schultag hier. Am liebsten wärst du gleich zur Lehrerin gelaufen und hättest dich über den Jungen beschwert, der unfreundlich zu mir war." - ‚Unfreundlich' ist ganz schön milde ausgedrückt, denkt Maja.

„Ja, ich gebe ja zu, dass ich dich zu oft beobachte. Aber das ist doch nur, weil ich wissen will, wie es dir geht, wie du dich fühlst. Ich will nicht, dass du unglücklich bist, und ich möchte, dass du es unter den neuen Bedingungen so leicht wie möglich hast."

Als Maja etwas erwidern will, redet die Mutter weiter: „Und was den Jungen angeht – ich weiß ja nicht, wer das ist und was er sonst so macht. Aber gerade heute habe ich durch Zufall von einem Angriff auf einen behinderten Jungen erfahren. Eine ganze Gruppe soll über ihn hergefallen sein. Und da soll ich mir keine Sorgen machen, wenn meine Tochter im Rollstuhl sitzt? Womöglich bist du das nächste Opfer. Du kannst dich doch gar nicht wehren."

Also hat die Mama auch schon davon gehört. Ich möchte wissen, wo sie das wieder her hat. Aus dem Internet? Oder aus der Zeitung? Ein Glück nur, dass sie nicht weiß, was das für eine Gruppe ist, wo sie herkommt und dass Sven vielleicht mit dabei war.

„Ja, Karen hat mir davon erzählt. Ihre Mutter ist Journalistin und hat heute Mittag beim Essen davon berichtet."

„Du hast davon gewusst?" Frau Simon kann es kaum glauben. „Und dann fährst du noch seelenruhig durch die Stadt?"

„Also, Mama – erstens hat Karen erst im Café mit mir darüber gesprochen und zweitens – wie stellst du dir das vor? Soll ich jetzt nur noch zu Hause sitzen? Du bringst mich zur Schule und holst mich wieder ab und das war's. Die übrige Zeit verbringe ich eingesperrt in meinem Zimmer. Ist es das, was dir vorschwebt?"

„Nein, natürlich nicht, Maja. Wir müssen eine Lösung finden. Aber du wirst doch verstehen, dass ich nach solchen Informationen Angst um dich habe."

„Aber Mama, du kannst mich nicht immer und überall beschützen. Ich muss selbst mit Gefahren klarkommen. Und ich bin doch auch so gut wie nie allein, entweder seid ihr dabei oder eine Freundin oder ein Freund. Der Markus aus meiner Klasse hat versprochen, mir die Stadt zu zeigen. Und wenn es so weit ist, werde ich diese Verabredung garantiert nicht absagen."

„Maja-Mädchen, ich will dich doch nicht einsperren oder gar von Freunden fernhalten. Ich denke nur, du – ihr müsst besonders vorsichtig sein. Denn weder Karen noch Markus kann dich verteidigen, wenn ihr von einer ganzen Gruppe angegriffen werdet. Wir müssen mal mit Papa beraten, ob du irgendetwas bei deinen Ausflügen mitnimmst, womit du dich wehren könntest."

„Du meinst - eine Waffe?!" Maja ist entsetzt.

„Nein, keine Waffe", erklärt Frau Simon, „nur etwas, das du im Zweifelsfall als Waffe benutzen könntest."

Danach breitet sich Schweigen in der Küche aus. Mutter und Tochter sind mit ihren eigenen Gedanken beschäftigt.

Nach einer Weile nimmt Frau Simon das Gespräch wieder auf: „In Zukunft werde ich mich bemühen, dich nicht pausenlos zu beobachten. Das verspreche ich dir, Maja. Ich kann verstehen, dass dich das nervt. Wenn ich es recht bedenke – mich würde das wahrscheinlich auch nerven. Ich habe manchmal auch schlechte Laune. Warum sollst du also pausenlos gut aufgelegt sein? Ich weiß ja nun, dass du nicht unglücklich bist."

„Ja, Mama, das wäre schön. Und lass mich bitte auch meine Sachen alleine regeln. Jedenfalls soweit das möglich ist. Ich muss unbedingt lernen, selbständig zu sein – trotz Rollstuhl. Früher war ich's doch auch."

„Ich werde mir Mühe geben, Maja. Aber hab du auch ein wenig Nachsicht mit mir, wenn ich ‚rückfällig' werde! Vielleicht sollten wir einen Code ausmachen. Ein Wort, das du sagst, wenn du meinst, ich überwache dich schon wieder zu sehr."

„Das ist eine super Idee, Mama. Wie wär's mit: „Vorsicht, Kamera!"?

Beide müssen lachen. Ein befreiendes Lachen.

Maja ist glücklich, dass sie dieses Gespräch mit ihrer Mutter hatte. Und denkt an Karen, die ihr dazu geraten hat.

Auch Frau Simon fühlt sich erleichtert und entspannt wie lange nicht.

22.

Die Tür des Klassenraums öffnet sich. Gerade in dem Moment, als Frau Siegert ihren Bericht über den Angriff einer Gruppe Jugendlicher auf einen Spastiker beendet hat und auf die Reaktion der Schüler wartet.

Erstaunt mustert sie die drei Personen, die im Türrahmen stehen: den Schulleiter Dr. Wams, einen Mann in Grün und Beige und einen weiteren Mann in unauffälligem Grau. Der Graue betritt den Raum und fragt, halb zu Frau Siegert, halb zur Klasse gewandt:

„Gibt es hier einen Sven Wernicke?"

Keiner sagt einen Mucks. Auch Frau Siegert ist noch zu verblüfft, um zu reagieren.

Der Mann in Grau wiederholt seine Frage. Ungeduld in der Stimme.

„Ich bin Sven Wernicke!" Sven hat seinen langen, schmalen Körper hochgeschraubt. Überragt nun die verblüfften Mitschüler. Wartet ab.

„Ich muss dich bitten, mit mir zu kommen. Ich habe ein paar Fragen an dich", sagt der Mann in Grau.

Ohne ein Wort geht Sven nach vorn und folgt den Männern nach draußen.

* * *

Sobald sich die Tür hinter Sven, dem Schulleiter, dem Mann in Grün und Beige und dem in Grau geschlossen hat, erwacht die Klasse aus ihrer Fassungslosigkeit. Es entsteht ein Tumult, dem Frau Siegert zunächst Raum gibt.

„Was ist los?" – „Was hat Sven mit den Bullen zu tun?" – „Wieso wird er abgeholt?" – Was wollen die von ihm?" – „Hat er was ausgefressen?" – „Bricht ihm seine Frechheit endlich das Genick?" – „Ich hab's schon immer gewusst, dass der nicht astrein ist." – „Die soll'n den gleich dabehalten!"

Schließlich beendet Frau Siegert das Durcheinander. Versichert, dass auch sie keine Ahnung hat, was passiert ist und weshalb Sven von der Polizei aus dem Unterricht herausgeholt wird.

Derweil hat der Schulleiter die Tür zu einem leeren Klassenraum geöffnet: „Hier können Sie sich ungestört unterhalten", sagt er zu dem Mann in Grau.

„Ja, danke", sagt der Kommissar und wartet ab, bis der Schulleiter gegangen ist.

„Setz dich", fordert er Sven auf. „Oder sollte ich schon ‚Sie' sagen?"

„Is' egal", meint Sven und nimmt auf einem der Schulstühle Platz. Die Füße weit von sich gestreckt. Die Hände in den Taschen der Jeansjacke. Seine Mutter nennt das ‚flegeln' oder auch ‚fläzen' und regt sich darüber auf, aber der Kommissar zeigt sich unbeeindruckt, setzt sich auf einen Tisch direkt vor Sven und beginnt das Gespräch.

„Es hat einen Überfall auf einen behinderten Jugendlichen gegeben."

„Ja, weiß ich", bestätigt Sven.

„Woher weißt du das?", fragt der Kommissar.

„Unsere Lehrerin hat grade, bevor Sie kamen, davon berichtet."

„Ah ja." Der Kommissar nickt bedächtig. „Du wohnst im Neubaugebiet?"

„Ja. Ist das verboten?"

Der Kommissar überhört die freche Frage und fährt fort: „Es sollen Jugendliche aus dem Neubaugebiet gewesen sein, die den Behinderten zusammengeschlagen haben."

„Ja und? Was hab ich damit zu tun?"

„Ihr kennt euch doch sicher alle da in der Siedlung. Ich dachte, du hättest vielleicht eine Idee, wer an dieser Straftat beteiligt gewesen sein könnte."

„Nee, keinen Check."

„Wo warst du eigentlich am Mittwoch so gegen 18 Uhr?"

„Ich?" Sven gerät ins Stocken. „Ich – ich war bei 'nem Freund."

„Und der kann das auch bestätigen." Der Satz ist mehr eine Feststellung als eine Frage.

Als Sven nicht reagiert, stellt sich der Mann in Grau wieder auf die Füße.

„Na gut, das war's für heute. Du kannst wieder in die Klasse gehen. Es wird aber nicht unser letztes Gespräch gewesen sein. Den Namen und die Adresse von deinem Freund brauche ich noch."

„Jetzt gleich?"

„Ja, jetzt gleich."

„Äh – Torsten Mantler heißt der."

„Und wo wohnt er?"

„Im selben Block wie ich – Sandbergstraße 25."

„Ach!" Der Kommissar stutzt. „Der ist also auch aus dem Neubaugebiet. Dann könnte er ja dabei gewesen sein. Genau wie du. Ich fürchte, dein Freund kommt für dich als Alibi nicht in Frage. Und du nicht als Alibi für ihn. Du solltest versuchen, dich genau zu erinnern, was du wo mit wem am Mittwoch um die fragliche Zeit gemacht hast. In deinem eigenen Interesse."

Mürrisch erhebt sich auch Sven und schlakst zur Tür: „Kann ich jetzt gehen?", fragt er vorsichtshalber noch einmal nach.

„Ja, ja, natürlich. Für heute sind wir fertig."

* * *

Ohne einen Gruß tritt Sven hinaus auf den Flur. Er hat es jetzt sehr eilig, wieder in seine gewohnte Umgebung zu kommen. Vor allem muss er unbedingt mit Torsten reden.

Als er das Klassenzimmer betritt, herrscht auf einen Schlag atemlose Stille. Gespannt schauen ihm 28 Mitschüler ins Gesicht. Auch Maja in der ersten Reihe sieht ihn interessiert an. Sven registriert das verärgert aus dem Augenwinkel. Verkneift sich aber jede Reaktion. Er will sich gerade auf seinen Platz neben Torsten setzen, da fragt Frau Siegert:

„Sven, was wollte die Polizei denn von dir?"

„Ach, nichts weiter." Sven bleibt an seinem Platz stehen. „Der Kommissar hat mich gefragt, ob ich die Jugendlichen kenne, die den Behinderten überfallen haben. Weil die aus dem Neubaugebiet kommen sollen. Und ich wohn doch auch da." So, das war nun wirklich genug an Info! Sven setzt sich auf seinen Stuhl. Blickt nach vorn zu Frau Siegert, als hätte es nie eine Störung des Unterrichts gegeben.

23.

„Was wollten denn die Bullen von dir?", flüstert Torsten dem Kumpel zu.

„Nicht jetzt!", wimmelt Sven ab.

Eine harte Geduldsprobe. Zum Glück ist der Unterricht bald zu Ende.

Während die Mitschüler ihre Sachen packen

und einer nach dem anderen aus dem Klassenzimmer verschwindet – nicht ohne noch einen verstohlenen Blick auf Sven geworfen zu haben -, bleibt der gelassen auf seinem Platz sitzen. Auch Torsten neben ihm erhebt sich nicht. Erst als der Raum leer ist, raffen auch die beiden Bücher und Hefte zusammen.

„Ich muss mit dir reden. Aber nicht hier und jetzt. Treffen um drei. Am bekannten Ort. Okay?"

Was bleibt Torsten anderes übrig, als zustimmend Einverständnis zu nicken. Er kennt Sven. Sturkopp. Eigensinnig. Unerbittlich. Im Moment ist nichts aus ihm herauszuholen.

* * *

Sie haben einen geheimen Treffpunkt. Ganz zufällig hatten sie entdeckt, dass ein kleiner Kellerraum leer stand und unverschlossen war. Keiner schien ihn zu nutzen. Nachdem sie sicher waren, dass sie hier von niemandem gestört würden, hatten sie diesen Verschlag zu ihrem geheimen Versammlungsort erklärt. Hier treffen sie sich immer, wenn Probleme am Horizont erscheinen.

Als Sven um drei den Kellerraum betritt, sitzt Torsten schon in der Ecke auf einer Matratze, die sie vor einiger Zeit gefunden und hierher geschleppt haben, und schaut ihn erwartungsvoll an.

„Was is', Sven? Was wollten die Bullen?"

„Die meinten, die Typen von dem Überfall kämen aus unserm Kiez. Ich wüsste vielleicht, wer dabei war."

„Und? Was haste gesagt?", fragt Torsten aufgeregt.

„Nix. Überhaupt nix. Uns beide verdächtigt der Kommissar übrigens auch."

„Waaas?! Wieso das denn?"

„Weil wir kein Alibi haben. Kein richtiges jedenfalls. Ich hab gesagt, ich war bei dir. Aber du wohnst ja auch hier. Also biste genauso verdächtig wie ich. Die kommen übrigens auch noch zu dir."

„Nein!" Torsten schreit fast. „Meine Mutter! Die flippt aus, wenn Bullen bei uns auftauchen."

Sven geht nicht auf Torstens Ängste ein. Ihn treibt was anderes um. „Was machen wir jetzt?", fragt er Torsten.

„Wie – was machen wir jetzt?" Torsten versteht nicht.

„Na, sagen wir was oder nich'?"

„Was soll'n wir denn sagen?"

„Mann, Torsten, sei doch nich' so begriffsstutzig! Wir wissen doch, wer's war, wer den Krüppel zusammengehau'n hat. Soll'n wir den Bullen 'nen Wink geben? Und was erzählen wir denen, wo wir an dem Tag waren?"

Torsten starrt Sven mit weit aufgerissenen Augen an: „Meinste, die kriegen uns dran?"

„Keine Ahnung. Aber wenn niemand bestätigen kann, dass wir an dem Tag nicht mit der Gruppe zusammen waren ..."

„Lars und Mike und die anderen, die wissen das doch! Die können den Bullen doch sagen, dass wir nicht dabei waren."

„Klar, die sind sicher ganz wild drauf, uns zu entlasten – und sich selbst zu belasten. Mann, Torsten, was biste für'n Traumtänzer. Keinen Finger machen die für uns krumm. Die lassen uns am ausgestreckten Arm verhungern. Wir können froh sein, wenn sie uns nicht alles in die Schuhe schieben. Haste immer noch nicht kapiert, was Lars für'n Arsch is'?"

„Und warum biste dann dauernd mit dem und den andren zusammen?"

„Weil es immer noch besser is', mit denen zu sein als gegen die, verstehste? Was meinste, was die mit uns machen würden, wenn wir nicht dazugehörten? Dann wär' hier die Kacke aber am Dampfen. Keine ruhige Minute hätten wir mehr."

Das leuchtet Torsten ein. Viel wichtiger ist für ihn aber etwas anderes. „Was soll'n wir jetzt tun?" Angst hat er. Seine Mutter darf auf keinen Fall etwas erfahren. Hoffentlich kommen die Bullen, wenn sie auf Arbeit ist. Die Mutter hat keine Ahnung, mit wem er da unten zusammen ist. Sie kennt nur Sven. Den findet sie in Ordnung. Kunststück! So wie der sich ihr gegenüber benimmt. Ja, Frau Mantler; bitte, Frau Mantler; danke, Frau Mantler; wenn er will, kann Sven der volle Schleimer sein.

„Ja, das is' eben die Frage. Soll'n wir die Typen verpfeifen oder nich'?"

24.

„Ej, lass uns heute mal nach dem Rollstuhl fahnden!" Mike ist ganz heiß auf action.

„Weiß nich'", sagt Lars. „Die Bullen schnüffeln doch sowieso schon überall rum wegen dem Spasti."

„Die kriegen uns nie. Hat uns doch keiner geseh'n." Mike ist da ganz sicher.

„Hoffentlich!", meint Lars. „Und was haste dann vor?"

„Na, 'n bisschen Spaß haben mit der Braut. Schreck einjagen, Karussell fahren mit dem Rolli und so. Das kommt doch gut. Soll ja nix passieren."

„Ach, übrigens", wendet sich Lars an Sven, „geht die nich' in deine Schule?"

„Ja, in meine Klasse."

„Und wie is' die so?", fragt Mike.

„Ziemlich normal." Sven hat keine Lust auf Auskünfte.

„Na gut, lass uns traben", entscheidet Lars. „Vielleicht isse ja auf Tour und wir finden sie."

Die Gruppe setzt sich in Bewegung. Sven hat heute überhaupt keinen Drang auf Stress. Aber er geht mit. Weiß selbst nicht, warum.

„Kuck mal, da isse ja!", brüllt Mike plötzlich. „Aber nich' allein. Da is' noch 'ne Braut bei ihr."

„Das is' ihre Freundin", erklärt Sven knapp.

„Warte mal, jetzt kommense genau in unsre Richtung geschippert. Woll'n wir 'n Empfangs-komitee machen?" Mike hibbelt aufgeregt von einem Bein aufs andere.

„Wennse hier langkommen", meint Lars, „dann habense schlechte Karten. Hier is' sonst niemand. Hier sindse ganz allein. Mit uns natürlich!" Lars will sich schier totlachen über seinen Witz.

* * *

Karen hat die Gruppe zuerst gesehen. Für einen Schritt unterbricht sie den Lauf. „Gehen wir besser woanders lang", sagt sie zu Maja.

Jetzt hat auch Maja die Gruppe entdeckt. „Nein!", sagt sie entschieden. „Auf keinen Fall. Ich lass mir nicht von anderen vorschreiben, wo ich langfahren darf und wo nicht."

„Aber es hat doch keinen Sinn, sich unnötig in Gefahr zu begeben, Maja. Du weißt doch, was passiert ist. Und wahrscheinlich war das genau diese Gruppe."

„Trotzdem. Wir sind zu zweit. Im Ernstfall kannst du schnell Hilfe rufen. Ganz allein würde ich diesen Weg vielleicht nicht wagen, aber mit dir zusammen ... Lass uns ganz einfach so tun, als ob nichts wäre."

Am Ende der Straße hat sich die Clique so postiert, dass kein Durchkommen ist. Wie eine Wand. Karen und Maja müssten die Straßenseite wechseln, um ungehindert weiterfahren zu können. Mit dem Rollstuhl ein umständliches Geschäft. Und langsam. In der Zeit könnte die Clique ebenfalls die Straßenseite wechseln. Blitzschnell. Und Maja dort wiederum den Weg abschneiden.

Trotzdem schlägt Karen vor: „Lass uns auf die andere Straßenseite gehen." Ihre Stimme klingt heiser.

„Kommt überhaupt nicht in Frage!", protestiert Maja. Aus ihren Augen sprüht Zorn.

„Was sollen wir also machen?", flüstert Karen.

„Weiterfahren!" Maja ist wildentschlossen, sich nicht einschüchtern zu lassen. „Keiner schreibt mir vor, welche Straßenseite ich zu benutzen habe!"

Langsam, im Zeitlupentempo, setzt sich die Gruppe in Bewegung. Als undurchdringliche Mauer. Schweigend. Den Blick haben die Jungen fest auf die beiden Mädchen gerichtet. Voll

Hass. Oder voll Vorfreude. Gleich gibt's action.

„Lasst sie in Ruhe!", zischt Sven. „Habt ihr nich' schon genug Mist gebaut?!"

Ganz knapp vor Karen und Maja dreht die Gruppe plötzlich ab und zieht auf dem Fahrdamm an den beiden vorbei. Sven ist nicht mehr dabei.

Aufatmend machen die Mädchen eine Pause. Maja hält den Rollstuhl an und schaut den Jungen hinterher. „Sag mal, war Sven eigentlich dabei?", fragt sie.

„Ich weiß nicht. Ich hab ihn nicht gesehen."

25.

„Hallo, du bist also der Markus. Komm rein. Ich habe schon viel von dir gehört. Du bist der Junge, der Maja gleich helfen wollte, nicht wahr? Und jetzt willst du ihr die Stadt zeigen. Das ist wirklich nett von dir. Maja freut sich schon sehr darauf."

Markus steht verlegen im Flur. Maja, die eilig anrollt, ist sauer über den Redefluss der Mutter. Eigentlich hätte Frau Simon gern noch weiter geredet. Sie ist so froh, dass Maja schnell Anschluss in der neuen Schule gefunden hat. Am Gesicht der Tochter liest sie den Ärger ab.

„Ja, ich lass euch dann mal allein. Ihr wollt ja sicher sowieso gleich los", leitet sie ihren Rückzug ein. „Ich hab noch zu tun", sagt sie und verschwindet in ihrem Arbeitszimmer.

„Na, dann komm mal mit", fordert Maja den Schulfreund auf. Strahlt ihn mit ihrem Zauber-Lächeln an. Eine heiße Welle Glücksgefühl durchströmt Markus. Er folgt dem Mädchen, das ihm voran in ihr Zimmer rollt.

Als Maja die Tür hinter sich geschlossen hat, herrscht Schweigen. Beiden sind die Worte abhanden gekommen. Sie schauen sich an. Schauen wieder weg. Markus steht mitten im Zimmer und hat das Gefühl, seine Beine sind zu lang und seine Arme stören sowieso.

Schließlich stellt Maja fest, dass Markus immer noch steht, und sie muss lachen. Verwirrt sieht Markus sie an. Weshalb lacht sie jetzt? Lacht sie über ihn? Seine Unbeholfenheit? Ist irgendetwas an ihm komisch?

„Mann-o-Mann – du stehst ja immer noch. Setz dich doch bitte, Markus. Mir fällt das nie auf, wenn jemand noch steht. Weil ich ja immer schon sitze. Da kriege ich gar nicht mit, dass die Leute sich eigentlich auch gern setzen würden."

Jetzt muss auch Markus lachen. Also hat sie sich nicht über ihn amüsiert, sondern über die Situation. Erleichtert lässt er sich in einen der beiden gemütlichen Sessel fallen.

„Ein schönes Zimmer hast du", sagt Markus, nachdem er sich im Raum umgesehen hat. Maja hat, genau wie er, ein großes, überfülltes Bücherregal. Über Majas Bett hängen zwei Bilder, Aquarelle; eines zeigt eine Szene im Zirkus mit Raubkatzen und einem buntgewandeten Dompteur, das andere die Robben-Fütterung im Zoo.

„Ja, stimmt", bestätigt Maja. „Meine Eltern haben sich viel Mühe gegeben, es mir so hübsch und bequem wie möglich zu machen. Das meiste habe ich selbst aussuchen dürfen."

„Und die Bilder da, hast du die gemalt?"

„Ja, manchmal habe ich Lust zu malen. Aber in der letzten Zeit bin ich nicht dazu gekommen. Der Umzug und das ganze Trara."

Dann plötzlich besinnt sie sich auf ihre Gastgeberrolle: „Möchtest du noch was trinken, bevor wir losziehen?"

„Nein, danke. Jetzt nicht. Wir können ja vielleicht unterwegs irgendwo was trinken."

„Ja, du hast Recht. Lass uns jetzt gehen – - oder fahren!" Maja sieht ihn mit einem leichten Lächeln an.

Es wird ein langer Ausflug. Marktplatz, Rathaus, Dom, Brücke über das Flüsschen, Stadtwald, Stadtmauer. Und zu allem hat Markus etwas zu sagen. Er kennt die Stadtgeschichte gut und kann lebhaft und witzig erzählen. Ein Gefühl von Sicherheit und Wärme bekommt man in seiner Begleitung. Außerdem sieht er wirklich nicht übel aus, hochgewachsen und schmal, mit dunklem Strubbelhaar und samtbraunen Augen. Wenn man nicht im Rollstuhl säße, dann könnte man sich glatt...

Nachdem sie ihren Rundgang beendet haben,

fragt Markus: „Wo warst du denn neulich mit Karen, in welchem Café?"

„Wir waren im ,Rudolfino'."

„Hat dir das gefallen?"

„Ja, sehr. Es war so sonnig wie heute, deshalb haben wir draußen gesessen. Man sitzt da unter den bunten Schirmen wirklich hübsch."

„Möchtest du da noch mal hingehen?", fragt Markus, setzt aber gleich nach: „Es gibt allerdings noch ein paar andere nette Cafés in der Stadt. Vielleicht willst du ja mal eins davon kennenlernen."

„Klar. Je mehr ich von eurer Stadt sehe, desto besser. Umso schneller finde ich mich zurecht und fühle mich zu Hause."

„Okay, dann lass uns heute ins ,Märchenhaus' gehen."

„Ins ,Märchenhaus'?"

„Ja, das ist eigentlich eine Kultureinrichtung. Die veranstalten eine Menge für Kinder und Erwachsene. Theater, Puppenspiel, Filme und Vorträge und sonst noch so allerlei. Unten im Erdgeschoss gibt es ein gemütliches, kleines Café mit vielen Märchenfiguren. Bei diesem Wetter sitzen die Leute lieber draußen und wir werden dort sicher zwei Plätze finden."

Schließlich sind die beiden vor einem imposanten Haus angelangt, das, eingerahmt von Bäumen mit buschigen Kronen, das Hexenhaus aus „Hänsel und Gretel" sein könnte. Wenn es nicht ein bisschen zu groß geraten wäre. Die Fassade ist verkleidet mit Holz und Gestalten und Gegenständen aus den Märchen der Gebrüder Grimm.

„Das sieht ja toll aus." Maja ist begeistert.

„Ich hab gehofft, dass es dir gefällt."

Drinnen im glasüberdachten Innenhof setzt sich die Märchenwelt fort. Hier lehnt die kleine Meerjungfrau und blickt sehnsüchtig in die Ferne, da hockt das Mädchen mit den Schwefelhölzchen, dort steht stramm der Zinnsoldat. Die Figuren aus den Andersen-Märchen sind an den Wänden entlang verteilt. In der Mitte des Raumes reckt sich eine Tanne dem Glasdach entgegen. Bunt im Innenhof verteilt sind Tische und Stühle.

Markus hat richtig vermutet: Nur wenige Tische sind besetzt. Als Maja den Rollstuhl zu einem Tisch dirigiert und Markus sich gesetzt hat, will Maja wissen:

„Sag mal, ist die Tanne echt?"

„Ja, die ist echt."

„Und was passiert, wenn sie das Dach erreicht hat?"

„Ja, gute Frage", lacht Markus. „Ich nehme mal an, dass sie dann das Glasdach entfernen müssen. Oder eine Öffnung hineinschneiden. Ich weiß es nicht."

Maja schaut sich noch um. Es gibt so viele Märchenfiguren.

„Was möchtest du essen oder trinken, Maja?", reißt sie Markus aus ihrer Betrachtung des Raumes heraus. „Ich will uns was holen. Hier ist Selbstbedienung."

„Ja – - ach, ich nehm' einfach eine Limo. Soll ich mitkommen?"

„Nein, das schaff ich schon. Guck du dich ruhig noch weiter um."

Während sie in aller Ruhe Limo und Cola trinken und von den Keksen essen, die Markus vom Tresen mitgebracht hat, fragt Maja den Freund neugierig aus. Wie heißt er eigentlich mit Nachnamen? – Wolanski. – Wolanski? – Ja, ursprünglich kommt der Name aus Polen. - Hat er Geschwister? – Ja, einen älteren Bruder und eine jüngere, missratene Schwester. – Missraten? Wieso? – Das war ein Scherz. Aber ein bisschen durchgeknallt ist sie wirklich manchmal. – Maja hätte auch gern Geschwister. Das würde vieles erleichtern. Die Aufmerksamkeit der Eltern würde sich verteilen. - Und was machen seine Eltern?

„Meine Mutter arbeitet Teilzeit in einer Computer-Firma, 25 Stunden die Woche, und mein Vater – mein Vater ist arbeitslos. Das heißt, ab nächsten Monat arbeitet er wieder." Markus zeigt keinerlei Begeisterung.

„Das ist doch super! Freust du dich nicht darüber?"

„Nee, nicht so richtig."

„Und warum nicht?"

„Weil er bei der neuen Firma unter Wert arbeitet", erklärt Markus.

„Unter Wert?" Maja versteht nicht, was Markus meint.

„Ja. In der Firma, in der er gearbeitet hat und die verkauft worden ist – die Mitarbeiter mussten gehen, weil der neue Besitzer seine eigenen Angestellten mitgebracht hat –, also in der alten Firma hat mein Vater als einer von zwei Chefs gearbeitet. Und jetzt nimmt er eine Stellung an, in der er einem Chef zuarbeiten muss. Als Assistent. Er sagt zwar, das ist besser als gar keine Arbeit. Aber ich finde das trotzdem schlecht. Was ist, wenn es ihm da nicht gefällt oder er sich mit seinem Vorgesetzten verkracht und sich dann woanders bewerben will? Dann ist das blöd, wenn er nur Assistent gewesen ist. Er hat es dann sicher schwer, sich auf einen Chefposten zu bewerben. Und weniger verdienen tut er als Assistent auch."

„Ich kann deinen Vater aber gut verstehen, Markus." Maja ist durchaus nicht derselben Meinung wie der Freund. „Warum sollte er sich nicht wieder auf einen Chefposten bewerben können. Man sieht doch aus seinem Lebenslauf, dass er früher als Chef gearbeitet hat. Er kann das doch auch erklären: besser eine Arbeit als Assistent als gar keine. Ich finde, er hat Recht. Zu Hause rumzusitzen, das bringt's doch nicht. Ich glaube, ich hätte mich genauso entschieden wie dein Vater."

Überrascht sieht Markus Maja an. Eigentlich müsste er enttäuscht sein. Weil Maja seine Meinung nicht teilt. Aber er stellt fest, dass er so etwas wie Bewunderung empfindet für das Mädchen, das so klar und deutlich sagt, was es denkt.

Wie soll er jetzt reagieren? Soll er auf seiner Sicht der Situation beharren? Soll er einlenken und Majas Argumente akzeptieren?

„Na ja, vielleicht hast du Recht. Und was machen deine Eltern?"

26.

„Am Donnerstag in zwei Wochen habe ich Geburtstag", teilt Maja ihrer Freundin Karen mit.
„Was meinst du, wen ich einladen soll? Außer
dir natürlich!"

„Ich weiß nicht, das musst du entscheiden. Markus vielleicht. Und Vanessa. Die ist auch ganz
okay. Und Alexander..."

„Und was ist mit Sven?"

„Sven?!" Karen sieht Maja entgeistert an, das
kann nicht ihr Ernst sein.

„Ja, Sven. Was hältst du davon, wenn ich Sven
auch einlade?"

Ist die Freundin total übergeschnappt? Ausgerechnet Sven will sie einladen? Der sie ständig
mit kleinen Gemeinheiten piesackt.

„Warum denn ausgerechnet Sven?", fragt Karen.

„Ganz einfach: Weil ich wissen möchte, ob er
kommen würde. Und wenn er kommt - wie er

sich dann verhält."

„Und deine Mutter? Was wird die dazu sagen?",
gibt Karen zu bedenken.

„Meine Mutter weiß nichts von Sven. Ich habe
nie seinen Namen genannt. Und ich habe auch
nicht erwähnt, dass Jungen aus meiner Klasse in
der Neubausiedlung wohnen. Denn von dem
Überfall hat sie natürlich erfahren. Und sie hat
auch gehört, dass es Jugendliche von dort waren."

„Na ja, wenn du meinst. Es ist deine Entscheidung, Maja." Karens Stimme klingt nicht sehr
überzeugt.

„Du würdest aber trotzdem kommen, Karen -
ja? Auch wenn ich Sven einlade."

„Ja sicher! Wen du einlädst, das ist schließlich
deine Sache. Da kann ich mich nicht reinhän-
gen." Nach einer kurzen Pause fragt Karen:
„Was willst du eigentlich an deinem Geburtstag
machen? Hast du schon einen Plan?"

„An meinem Geburtstag selbst will ich gar
nichts machen. Donnerstag ist blöd zum Feiern.

Ich dachte, wir treffen uns am Samstag und trinken erst bei mir Kaffee, wenn's schön ist, im Garten, und am Abend gehen wir ins Kino oder in die Disco."

„In die Disco?", wiederholt Karen unsicher.

„Ja, in die Disco. Ich war schon zweimal in einer Disco." Und als Maja Karens fragenden Blick sieht, fügt sie hinzu: „Ja, auch mit Rollstuhl. Klar, zum Tanzen gibt es kaum Gelegenheit, obwohl auch das geht. Aber ich muss nicht tanzen. Ich seh' gern zu, wenn die anderen tanzen. Und wenn es irgendwo eine Ecke gibt mit Stühlen, Bänken oder so, dann kann ich mich auch mit Leuten unterhalten, die gerade nicht auf der Tanzfläche sind."

Karen sieht die Freundin bewundernd an. Ganz schön kühn – mit Rollstuhl in die Disco. Aber vielleicht auch etwas gewagt. Wie kann sie wissen, wer gerade drinnen ist und wie das aufgenommen wird, wenn sie erscheint? Und je nach Kontrolle am Eingang lässt man sie vielleicht gar nicht erst rein.

„Aber es muss keine Disco sein. Wir können auch ins Kino gehen", unterbricht Maja Karens

Überlegungen. „Jedenfalls werde ich heute die Einladungskarten schreiben. Wir können dann ja gemeinsam beraten, was wir mit dem Tag anfangen wollen."

Als Karen am nächsten Tag die Einladung von Maja entgegennimmt, ist sie neugierig: „Hast du Sven auch eine Einladung gegeben?"

„Ja," antwortet Maja und zeigt ihr unwiderstehliches Lächeln.

„Und? Wie hat er reagiert? Hat er was gesagt? Kommt er?"

„Ich glaube, er war sehr verblüfft. Er ist rot geworden. Wusste erst gar nicht, was er sagen sollte. Aber dann hat er sich artig bedankt. Hat gemeint, dass er versuchen wird zu kommen." Maja scheint sich immer noch zu amüsieren über Svens Reaktion.

„Die andern, die du einlädst, wissen die, dass Sven auch dabei sein wird?"

„Ja, ich hab es ihnen genauso erklärt wie dir. Und ich glaube, sie haben es verstanden. Jedenfalls hat keiner was dagegen gesagt."

27.

„Mama, ich brauch Geld", fällt Sven mit der Tür ins Haus.

„Du hast doch dein Taschengeld, Sven", wehrt Frau Wernicke das Ansinnen ab.

„Nee, nich' für mich. Ich muss 'n Geburtstagsgeschenk kaufen."

„Ein Geburtstagsgeschenk?" Frau Wernicke versteht nicht. Aus der Familie hat niemand Geburtstag. Und seit Ewigkeiten ist Sven nicht mehr zu einem solchen Ereignis eingeladen worden.

„Ja, die Neue, die im Rollstuhl, hat mich eingeladen", erklärt Sven kurz und knapp.

„Im Rollstuhl? Ihr habt eine Mitschülerin im Rollstuhl? Davon hast du mir ja gar nichts erzählt", wundert sich Frau Wernicke.

„Is' ja auch nich' wichtig. Jedenfalls brauch ich Geld für ein Geschenk."

„Zu wann brauchst du das Geld denn?", fragt

Frau Wernicke vorsichtig. Sie bekommt erst in fünf Tagen ihr Gehalt, und so kurz vor dem Zahltag ist Geld immer Mangelware.

„Zum nächsten Samstag – nein, nicht der, der jetzt kommt – also eigentlich zum übernächsten Samstag.“

Erleichtert atmet Frau Wernicke auf: „Das wird sich machen lassen. Am Montag krieg ich Geld, und dann kann ich dir was geben. Was meinst du, wie viel wirst du brauchen?“

„Vielleicht so 20 Euro. Ich weiß noch nich' genau, was ich kaufen soll.“

„Was ist denn das für ein Mädchen?“, will Frau Wernicke jetzt wissen.

„Na, 'n ganz normales Mädchen eben.“ Sven hat keine Lust, der Mutter weiter Auskunft zu geben.

„Ich meine - wie ist sie so? Interessiert sie sich besonders für irgendwas? Hat sie irgendwelche Hobbys?“

„Woher soll ich das wissen?“ Svens Stimme

klingt fast empört.

„Wenn du nichts über das Mädchen weißt, wird es schwierig, ein Geschenk zu finden", stellt Frau Wernicke sachlich fest.

„Ja, weiß ich. Ich kann ja mal ihre Freundin fragen. Vielleicht kann die mir was sagen."

„Tu das, Sven! Und dann überlegen wir gemeinsam, was du schenken kannst."

* * *

„Sie malt ab und zu, sie liest gern und sie interessiert sich für andere Kulturen." Frau Wernicke sitzt mit Sven und Lisa am Küchentisch, als Sven das am nächsten Tag unvermittelt von sich gibt. Lisa starrt den Bruder mit offenem Mund an. Sie weiß gar nicht, worum es geht. Frau Wernicke dagegen schaltet schnell nach kurzem Stutzen.

„Ach, du meinst deine Freundin", sagt sie.

„Die is' nich' meine Freundin", fährt Sven sie schroff an.

„Na, entschuldige mal, hätte ja sein können. Wenn sie dich zum Geburtstag einlädt."

„Meinste vielleicht, ich würde 'ne Behinderte zur Freundin haben?!"

„Sven!" Frau Wernickes Stimme ist ungewohnt scharf. Abwechselnd schaut sie zu Sven und Lisa. „Wie kannst du denn so was sagen, wo du doch selbst ..."

„Ja, wo ich doch selbst 'ne behinderte Schwester habe, die null Checkung hat, die zu allem zu blöd is'!", schreit Sven.

„Sven!" Jetzt schreit auch Frau Wernicke. Lisa, die mit großen Augen die Szene verfolgt hat, fängt an zu weinen. „Bin nich' blöd!", schluchzt sie.

„Hab's nich' so gemeint", lenkt Sven ein und legt der Schwester beruhigend die Hand auf den Arm. „Ich weiß, dass du nich' blöd bist. Jedenfalls kannst du super Memory spielen. Weißt du noch, wie wir neulich gespielt haben und du mich besiegt hast?"

Lisa nickt. Die Tränen versiegen. Das runde Gesicht strahlt vor Freude.

28.

„Wann kommt Anna an?", ruft Majas Mutter aus der Küche.

„Um 17.30 Uhr", ruft Maja aus ihrem Zimmer zurück.

„Dann müssen wir in einer halben Stunde los. Bist du bereit, Maja?"

„Ja, alles paletti!"

Am Bahnhof herrscht dichtes Gewühl. Feierabend- und Fernverkehr, Wochenend-Touristen und Tagesbesucher aus den umliegenden Dörfern. Die in der Stadt eingekauft haben und nun wieder nach Hause fahren wollen. Ein Riesendurcheinander.

Trotzdem hat Maja Anna sofort entdeckt. „Anna", schreit sie über den ganzen Bahnsteig. Wedelt wild mit den Händen. Dann liegen sich die Freundinnen in den Armen.

„Es ist so schön, dich wiederzusehen!" Maja hat wieder ihr strahlendes Lächeln angezogen.

„Ja." Anna empfindet das genauso. „Du hast mir so gefehlt, Maja."

„Du mir auch", sagt Maja. Im selben Moment wird ihr klar, dass das nicht ganz der Wahrheit entspricht. Sie hat ja hier schon eine Freundin gefunden. Und einen Freund. Vielleicht sogar zwei... Sehr oft hat sie nicht an Anna gedacht.

Aber nun ist sie da, und das ist wunderschön. Ein ganzes Wochenende lang können sie miteinander reden. Maja hat eine Menge mit Anna zu besprechen.

„Schade, dass du nicht zu meiner Geburtstagsparty kommen konntest", bedauert Maja.

„Ich wäre gern gekommen, Maja. Aber meine Eltern hatten an dem Wochenende schon was geplant. Ich wusste gar nichts davon. Es sollte eine Überraschung für mich sein. Und das war es auch. Wir sind von Freitag bis Sonntag an die Nordsee gefahren."

„Toll!", kommentiert Maja kurz. Und fügt dann

halblaut hinzu: „Ich muss dir nachher ganz viel von meinem Geburtstag erzählen."

Nach dem Abendessen ziehen sich die Mädchen in Majas Zimmer zurück.

„Los, erzähle", drängt Anna. „Ich bin schon so gespannt."

„Ja, also erst haben wir hier bei uns Kaffee getrunken. Dann haben wir ein paar Spiele gemacht. Abwechselnd am Computer. Derweil haben die übrigen am Tisch Karten gespielt. Dann haben wir noch was gegessen. Und abends sind wir ins Kino gegangen."

Anna sieht Maja enttäuscht an. „Das wolltest du mir doch wohl nicht erzählen?!"

Maja lacht hell auf. „Nein, das wollte ich dir nicht erzählen. Das habe ich nur gesagt, damit du weißt, wie der Tag so abgelaufen ist."

„Du hast am Telefon etwas von dem Sven erwähnt, der immer so gemein zu dir ist."

„Ja. Und weißt du, was ich gemacht habe?"

„Nein."

„Ich habe ihn einfach zu meiner Geburtstagsparty eingeladen."

„Du hast was?!" Anna kann es nicht fassen.

„Ja. Ich dachte, mal gucken, ob er überhaupt
kommt. Und wenn ja, wie er sich dann so benimmt."

„Und? Ist er gekommen?"

„Ja." Ein verträumtes Lächeln breitet sich auf
Majas Gesicht aus. „Er hat mir ein supertolles
Buch über die Inkas geschenkt. Ich hab keine
Ahnung, woher er wusste, dass ich mich gerade
für die besonders interessiere."

„Und wie hat er sich aufgeführt? Hat er wieder
gegen deinen Rollstuhl getreten und dumme
Sprüche gekloppt?"

„Nein, natürlich nicht." Maja ist in eigene Gedanken versunken.

„Wieso ‚natürlich'?" Allmählich wird Anna ungeduldig. „Es hätte doch sein können, dass er

nur erschienen ist, um dich wieder mal ein bisschen zu schikanieren."

„Nein, nein. Er war ganz normal, fast ein bisschen schüchtern." Wieder erscheint ein Lächeln
auf Majas Gesicht. „Ich habe ihn gefragt, ob er
Geschwister hat, und stell dir vor, da kam raus,
dass er noch eine Schwester hat. Mit Down-Syndrom. Auf die muss er öfter aufpassen, wenn seine Mutter nicht zu Hause ist."

„Das ist ja traurig. Aber es rechtfertigt nicht,
dass er sich dir gegenüber wie ein Schwein verhält!" Anna zeigt sich ziemlich unbeeindruckt
von Majas Offenbarungen.

„Wie ein Schwein!", wiederholt Maja empört.
„Er verhält sich mir gegenüber nicht wie ein
Schwein! Und ich glaube, ich weiß jetzt, warum
er mich zu Anfang abgelehnt hat. Es ist wegen
seiner Schwester. Deshalb mag er keine Behinderten."

„'Abgelehnt' ist aber sehr freundlich ausgedrückt! Was du mir von ihm berichtet hast, das
war mehr als Ablehnung. Das war richtige Schi-
kane. Er hat dich und Karen doch auch mal verfolgt. Mit einer ganzen Gruppe."

„Ja, aber er hat uns ja nichts getan. Angegriffen hat er mich nie. Ich meine irgendwie handgreiflich. Dumme Bemerkungen hat er gemacht. Das ja. Aber sonst ist nichts passiert."

Anna schaut der Freundin prüfend ins Gesicht. Welch ein Sinneswandel! Sie hat sich doch bis vor kurzem bei ihren Telefongesprächen immer beschwert über diesen Sven und seine Ausfälle. Er hat sie beleidigt, beschimpft, runtergeputzt und sogar mit seiner Clique verfolgt. Was ist mit Maja geschehen, dass sie jetzt so abwiegelt. Ihn fast in Schutz nimmt? Das Buch über die Inkas kann's doch nicht gewesen sein.

„Sag mal, was ist los mit dir, Maja? Weshalb verteidigst du ihn plötzlich?"

Maja stottert verlegen ein wenig herum: „Er – er, ja, er war so anders hier bei mir, weißt du, so – so nett, so aufmerksam, fast lieb. Auf dem Weg zum Kino ist er die ganze Zeit neben mir gegangen und hat aufgepasst, wenn wir über die Straße mussten, dass mir nichts passiert. Im Kino hat er kurzerhand den Rollstuhl gepackt und mich an einen Platz dirigiert, wo ich gut sehen konnte. Als die Platzanweiserin kam und meinte, dort dürfte der Rollstuhl nicht stehen, hat er sie einfach weggejagt. Er hat sich richtig um mich gekümmert. So wie ein Beschützer.“

Anna ist sprachlos. Als sie sich gefasst hat, fragt sie die Freundin: „Du hast doch früher keine Beschützer gemocht. Hast dir das sogar verboten, wenn jemand dir dauernd helfen wollte. Hast das als nervige Bevormundung betrachtet. Und jetzt hast du deine Meinung total geändert?“

„Nein, nicht wirklich. Du hast ja Recht, eigentlich will ich nicht bemuttert werden, von niemandem, von meiner Mutter nicht und von Freunden auch nicht. Aber – irgendwie hat es mir gut gefallen, als Sven sich so um mich bemüht hat. Ich hab mich einfach wohl gefühlt. Ach, Anna, ich weiß auch nicht, wie ich das erklären soll.“

„Und Markus?“, fragt Anna vorsichtig.

„Markus? Markus ist sauer.“

29.

„Bist du Torsten Mantler?", fragt der Mann in Grau, als Torsten die Tür öffnet. Neben dem Mann steht eine Frau mit kurzen, dunkelblonden Haaren. Sie lächelt Torsten freundlich an.

Die sieht ganz sympathisch aus, denkt Torsten und fragt sich, was das Paar von ihm will. Suchen die jemand im Haus? Aber sie haben ja nach ihm gefragt.

„Ja", sagt er deshalb schlicht und einfach.

„Wir haben ein paar Fragen an dich. Können wir reinkommen? Im Treppenhaus macht sich das nicht so gut", erklärt der Mann in Grau und hält Torsten den Ausweis vor die Nase. Die Frau lächelt und schüttelt Torsten die Hand.

Jetzt begreift Torsten – die Polizei! Ein Segen, dass seine Mutter noch arbeitet. Sie hat heute Spätschicht, wird also nicht vor halb zehn Uhr abends zu Hause sein. Viel Zeit noch bis dahin.

„Mein Name ist Menzel. Und das ist Kommissar Schönebeck. - Können wir uns setzen?", fragt die Frau, als sie im Wohnzimmer stehen, und lächelt immer noch.

„Klar", sagt Torsten und räumt schnell ein Paar Schuhe von seiner Mutter aus dem Weg, die neben der Schlafcouch stehen.

„Du wohnst hier mit deinen Eltern?", fragt der Kommissar.

„Mit meiner Mutter", verbessert Torsten.

„Ah ja. Und wo ist deine Mutter?"

„Sie arbeitet im Supermarkt." Torsten hat ein mulmiges Gefühl. Die wollen doch hoffentlich nicht auch noch seine Mutter sprechen.

„Wann kommt sie nach Hause?", fragt der Kommissar weiter.

„Heute hat sie Spätschicht. Da kommt sie erst so um halb zehn nach Hause", gibt Torsten Auskunft.

„Dann bist du aber lange allein", mischt sich die Frau jetzt ins Gespräch. „Was machst du denn in der ganzen Zeit?"

„Och – Schularbeiten – für meine Mutter ein-kaufen – mich mit einem Freund treffen - - -"

„Mit *einem* Freund? Nicht mit vielen Freunden? Mit einer Clique?", hakt der Kommissar nach.

„Nee, vor allem mit *einem* Freund."

„Und wer sorgt für dein Essen?", erkundigt sich die Frau.

„Meine Mutter kocht abends vor, und ich mach mir das Essen mittags warm."

Was quatschen die so um den heißen Brei rum, denkt Torsten, die wollen doch nicht wissen, wie ich lebe. Die sollen jetzt endlich mal auf den Punkt kommen.

Das tun sie dann auch.

„Hast du Kontakt zu anderen Jugendlichen hier in der Siedlung?", fragt der Kommissar.

„Ja, ab und zu."

„Du kennst sie mit Namen?"

„Zum Teil."

„Du weißt, dass ein behinderter junger Mann von Jugendlichen krankenhausreif geschlagen wurde und dass die Jugendlichen angeblich hier aus der Siedlung kommen?", fragt jetzt die Frau. Sie lächelt wieder.

„Ich hab davon gehört", antwortet Torsten. „Unsere Lehrerin hat darüber berichtet."

„Hast du eine Vorstellung, wer von den Jugendlichen in der Siedlung für eine solche Tat in Frage kommt?"

„Nee, nich' wirklich."

Nun übernimmt wieder der Kommissar die Befragung: „Wo warst du am letzten Mittwoch gegen 18 Uhr?"

„Mit meinem Freund zusammen", gibt Torsten an.

„Heißt dieser Freund zufällig Sven Wernicke?", will der Kommissar wissen.

„Ja."

155

„Der Sven hat auch angegeben, dass ihr zusammen wart. Woher kennt ihr euch eigentlich?"

„Wir sind zusammen in einer Klasse."

„Ah ja. Gehen noch mehr Jungen aus dieser Siedlung in deine Klasse?"

„Nein."

„Mal angenommen, ihr wart wirklich zusammen. Was habt ihr denn gemacht? Wo habt ihr euch rumgetrieben?"

„Wir war'n hier. Hier in der Wohnung. Haben 'n bisschen ferngesehen."

„Kann das jemand bestätigen? War z.B. deine Mutter hier? Sie wird ja nicht jeden Tag in der Spätschicht arbeiten."

„Nein, bestätigen kann das niemand."

„Auch von den Nachbarn hat euch niemand gesehen? Beim Kommen oder Gehen? Oder lief vielleicht der Fernseher so laut, dass die Leute nebenan es gehört haben müssen?"

„Nee, meine Mutter will nich', dass die Kiste so laut läuft. Sie sagt, wir müssen Rücksicht nehmen auf die Nachbarn, und wir sind doch auch noch nich' schwerhörig."

Die Frau verbeißt sich ein Lachen. Der Kommissar dagegen bleibt unverändert ernst: „Tja, das sieht dann aber düster für euch beide aus! Ihr solltet noch mal gut überlegen, ob euch nicht doch jemand begegnet ist, vielleicht auf dem Weg hierher oder dem Sven, als er gegangen ist."

„Aber wieso denn?" In Torsten regt sich Trotz. „Wir haben nichts gemacht. Mit diesem Überfall haben wir nichts zu tun. Wer das war, weiß ich nich'. Wir waren jedenfalls nich' dabei."

„Das ist eben die Frage. Also – denkt noch einmal scharf nach. Und wenn euch etwas einfällt – auch, wer das eventuell gewesen sein könnte -, ruft mich an. Hier ist meine Karte." Der Kommissar erhebt sich und zu seiner Kollegin gewandt sagt er: „Das war's für heute. Wir gehen." In Richtung Torsten fügt er hinzu: „Rechne damit, dass wir wiederkommen."

30.

„Markus, könntest du bitte schon mal das Brot schneiden?" Die Mutter und Markus sind allein in der Küche. Was selten vorkommt. Heute ist die quirlige Sarah noch bei einer Freundin. Frank liegt auf dem Bett in seinem Zimmer. Hört Rockmusik. Und der Vater musste seinem zukünftigen Arbeitgeber noch Papiere nachreichen.

Wortlos holt Markus das Brot aus der Speisekammer. Nimmt das Holzbrett von der Wand. Greift sich das große Brotmesser. Beginnt zu schneiden.

Frau Wolanski, die am Herd hantiert, fällt das Schweigen auf. Markus ist zwar auch sonst kein Dauerschwätzer. Aber irgendetwas stimmt heute nicht. Die Mutter dreht sich um. Sieht ihren Sohn prüfend an.

„Du bist so still, Markus. Ist was schiefgelaufen?"

Markus antwortet nicht. Schaut auf das Brot. Schneidet weiter.

Die Mutter geht zum Küchentisch. Steht jetzt Markus direkt gegenüber.

„Markus, was ist? War etwas in der Schule?" Und als der Sohn sie nur schweigend ansieht, bedrängt sie ihn weiter: „So sag doch was, Markus. Ich seh dir doch an, dass etwas nicht stimmt." Und dann kommt ihr ein Verdacht und sie fragt vorsichtig: „Bist du vielleicht unglücklich verliebt?"

Anscheinend hat sie ins Schwarze getroffen, denn tiefe Röte überzieht Markus' Gesicht. Er beugt sich wieder über das Brot. Schneidet weiter. Obwohl längst genügend Scheiben für eine Großfamilie im Brotkorb liegen.

„Möchtest du nicht darüber reden?"

„Nein", weist Markus das Angebot barsch zurück. Lässt das Messer auf das Brett fallen. Stürmt in sein Zimmer.

31.

„Markus!", halblaut ruft Maja seinen Namen,

als er in die Klasse kommt und an ihrem Platz vorbeigehen will.

Einen Augenblick zögert Markus. Soll er stehen bleiben oder einfach weiterlaufen. Aber dann wendet er sich um. Stellt sich vor Majas Tisch.

„Markus, ich möchte mit dir reden", beginnt Maja leise und sieht ihn ernst an. Ihr Lächeln wäre jetzt unangebracht. Findet sie. „Können wir uns heute Nachmittag irgendwo treffen?"

Markus will nicht reden. Will überhaupt nichts mehr mit Maja zu tun haben. Soll sie doch mit ihrem Sven glücklich werden!

„Ja", sagt Markus, „okay. Und wo?"

„Kannst du zu mir kommen? Da können wir ungestört sprechen."

„Wann dachtest du?"

„Vielleicht so um vier. Würde dir das passen?"

„Ich werde um vier Uhr bei dir sein." Mit dieser förmlichen Zusage dreht sich Markus um und begibt sich zu seinem Tisch.

„Hallo!" Sven hat sich vor Majas Tisch aufgebaut. „Wenn du Lust hast, könnten wir vielleicht mal wieder was zusammen unternehmen."

Seine Stimme zu dämpfen, hält Sven nicht für nötig. Einige aus der Klasse sind aufmerksam geworden. Beobachten die beiden gespannt. Karen starrt unverwandt auf den Tisch, wo sie schon Heft und Buch für die erste Stunde zurechtgelegt hat.

Und Markus? Markus hat sehr wohl mitbekommen, dass Sven vor Majas Tisch Halt gemacht hat. Aber es interessiert ihn nicht. Ganz lässig, ohne hochzusehen, holt er Hefte und Bücher aus seinem Rucksack und ordnet sie auf seinem Tisch.

„Weißt du, Sven, im Moment ist das ganz schwierig. Diese Woche ist schon total dicht", lehnt Maja das Angebot ab.

„Schade! Aber irgendwann wirst du ja wieder Zeit haben. Kannst mir ja dann Bescheid geben."

An seinem Platz empfängt ihn ein völlig verdutzter Torsten. „Du hast mit Maja geredet?"

„Ja, und?“

Torsten weiß nichts von der Geburtstagseinladung. Weiß nicht, dass Sven bei Maja war. Weiß nicht, was sich inzwischen getan hat. Hat sich was getan? Jedenfalls hat Sven Torsten kein Sterbenswörtchen von der ganzen Geschichte erzählt. Er weiß selbst nicht so genau, warum nicht.

„Ich dachte, du hasst sie.“

„Quatsch!“, sagt Sven kurz und lenkt dann ab: „Sag mal, war'n die Bullen eigentlich schon bei dir?“

„Ja.“

„Und? Haste was gesagt?“

„Nee, natürlich nich'.“ Torsten ist empört. „Ich verpfeif doch keine Kumpel.“

„Was hat der Oberbulle denn zu deinem Alibi gesagt?“

„So richtig geglaubt hat er's nich'. Jedenfalls hat er gemeint, wir sollten noch mal richtig überlegen, ob uns nich' doch vielleicht irgendjemand gesehen hat – als wir gekommen sind oder als du gegangen bist. Sonst säh's schlecht für uns aus. – Kannst du dich erinnern? Ist dir noch jemand übern Weg gelaufen, als du wieder zu euch rüber bist?"

„Nee, nich' dass ich wüsste. Aber ich kann ja noch mal in meinem Hirn kramen. Hat der Typ ausgehustet, wie's jetzt weitergeht?"

„Er wollte noch mal wiederkommen."

Sven nickt gedankenverloren. „Das hat er mir auch versprochen."

„Und was machen wir jetzt?", fragt Torsten.

„Abwarten. Die müssen uns was nachweisen. Nich' wir denen."

Da fällt Torsten wieder ein: „Sag mal, was is'n nun eigentlich mit Maja und dir?"

„Nix."

32.

In der großen Pause bleiben Karen und Maja auf ihren Plätzen. Eigentlich ist das verboten. Aber sie müssen unbedingt reden. Als alle den Klassenraum verlassen haben, geht Karen zur Tür. Schaut nach rechts und links den Flur hinunter. Schließt dann die Tür von innen.

„Ach, Karen, warum nur ist alles so schwierig?", beginnt Maja, als Karen sich wieder gesetzt hat. „Es ist doch schon kompliziert genug mit dem Rollstuhl."

Auf Majas Geburtstagsfeier hat Karen auch verwundert das völlig veränderte Verhalten von Sven beobachtet. Dass der so umsichtig, fast fürsorglich sein kann, hätte sie nicht vermutet. Sie hat auch nicht gewusst, dass er eine behinderte Schwester hat. So, wie er von ihr gesprochen hat, schien es, als ob er sie mag, nur genervt ist, wenn er sie beaufsichtigen muss. Sven gibt Rätsel auf, findet Karen. Was ist echt, was ist gespielt? Welcher ist der wahre Sven? Der mit den Ausbrüchen und Verbalattacken? Oder der, der auf einmal Freundlichkeit und Hilfsbereitschaft zeigt?

„Sven war so anders auf meinem Geburtstag",
redet Maja weiter. „Er war so nett, so aufmerksam..."

„Ja", da ist Karen ganz ihrer Meinung, „so kennen wir ihn gar nicht. Fragt sich nur, ist das der
echte Sven?"

„Wie meinst du das?"

„Na, es kann doch sein, dass er auf deinem Geburtstag nur eine große Show abgezogen, den
Netten gespielt hat. Andererseits ist natürlich
auch möglich, dass seine Ruppigkeit und Ag-
gression als Fassade dienen, als so eine Art
Schutzschild, damit niemand merkt, wie er
wirklich ist."

„Was glaubst du denn?", fragt Maja.

„Ich weiß es nicht, Maja. Ich hab ihn ja bisher
nur einmal so erlebt. So wie auf deinem Geburtstag. Da weiß ich noch nicht, was ich davon
halten soll."

Beide Mädchen schweigen eine kleine Weile.
Dann sagt Karen es Maja auf den Kopf zu:

„Du hast dich in ihn verliebt, oder?"

Maja wird rot. Legt den Kopf in den Nacken. Starrt an die nicht mehr ganz weiße Decke. Sagt erst mal nichts.

Dafür bohrt Karen weiter: „Und was ist mit Markus? Ist der jetzt passé? Ich dachte, du magst ihn oder sogar noch ein bisschen mehr."

„Das ist ja das Problem, Karen. Ich weiß nicht, was ich machen soll. Markus ist ganz lieb und zuverlässig und so ruhig und ausgeglichen. Aber Sven - - der ist so - - so aufregend, ich weiß nicht, wie ich es beschreiben soll. Man entdeckt an ihm immer wieder neue Seiten."

„Das Aufregende an ihm ist, dass man nicht weiß, wer er wirklich ist", bemerkt Karen trocken und fügt hinzu: „Mir ist so jemand wie Markus lieber. Jemand, der berechenbar ist. Auf den man sich verlassen kann. Bei dem nicht die Gefahr besteht, böse Überraschungen zu erleben." Karens Gesicht ist nicht mehr so blass wie vorher. Zum Glück hat Maja das nicht gesehen.

„Wahrscheinlich hast du Recht, Karen. Aber was soll ich denn jetzt tun? Ich mag beide sehr.

166

Sven will sich mit mir verabreden. Und Markus kommt heute Nachmittag zu mir, damit wir reden. Der ist total sauer. Ich hab ihn ja am Geburtstag kaum beachtet. Dauernd war Sven um mich rum, und man hat mir sicher angemerkt, dass mir das nicht gerade unangenehm war."

„Allerdings", bestätigt Karen, „das hat man gesehen. Vor allem Markus. Er hat mir richtig Leid getan. Ich finde, er hat das nicht verdient."

„Was?"

„So eine Behandlung. Siehst du nicht, dass er verliebt ist in dich? Er würde sicher alles für dich tun. Nur damit du glücklich bist." Wie wunderschön wäre es, denkt Karen, wenn Markus alles für mich täte, damit ich glücklich bin.

In Majas Augen stehen Tränen. „Ich wollte ihm nicht wehtun. Wirklich nicht. Ich mag ihn doch. Aber ich mag auch Sven."

„Du kennst Sven doch noch gar nicht. Nicht richtig", gibt Karen ein wenig ungehalten zu bedenken. „An deiner Stelle würde ich erst mal rausfinden wollen, wer er wirklich ist."

„Und was mache ich mit Markus? Was soll ich ihm heute Nachmittag bloß sagen?"

„Du könntest dich bei ihm entschuldigen und ihm erklären, dass du total perplex warst über Svens Hilfsbereitschaft. Und dass du deshalb kaum noch die anderen beachtet hast."

33.

„Die is' hübsch, die Maja, nich'? Und ganz nett scheint sie auch zu sein. Schade, dass sie im Rollstuhl sitzen muss", beginnt Torsten das Gespräch, als sie den langen Gang Richtung Spielplatz gehen. Aber Sven ist nicht blöd. Hat sofort kapiert, dass der Freund auf den Busch klopfen will. Nicht mit ihm! Soll Torsten ruhig vor Neugier platzen. Von ihm, Sven, erfährt er nichts.

„Kann sein", erwidert er gleichmütig. „Lass uns mal zur Clique rübergeh'n."

Die hat sich schon versammelt. Einige räkeln sich auf den Bänken, wo nachmittags die Mütter sitzen und über ihre Kinder wachen, die in der großen Sandgrube spielen. Eine kleine Gruppe steht und scheint heftig zu diskutieren.

„Is' Lars heut nich' da?", fragt Sven.

„Lars, Dennis, Mike und Malte sind von den Bullen abgeholt worden", teilt einer aus der stehenden Gruppe, Kalle, mit. „Wegen dem Überfall auf den Spasti. Jemand muss die verpfiffen haben."

„Wieso verpfiffen?", regt sich Sven auf. „Vielleicht hab'n die Bullen das auch allein rausgefunden."

„Das glaubste ja wohl selber nich'!", höhnt Kalle. „Wie soll'n die denn ausgerechnet auf Lars und Co. gekommen sein?"

„Vielleicht sind die nich' so bescheuert wie de denkst", meint Sven trocken.

„Ha, ha, ha!", macht Kalle. Dann sieht er Sven und Torsten lauernd an: "Wo wart ihr eigentlich die letzten Tage? Plötzlich keine Lust gehabt, uns zu sehen?"

„Wieso? Wir müssen doch nich' pausenlos zusammenglucken."

„Is' nur komisch, dass ihr grade jetzt keinen Drang auf uns hattet, wo bei Lars die Kacke am Dampfen war."

„Wieso komisch? War viel zu tun für die Penne. Konnten wir ja nich' ahnen, dass Lars Schwierigkeiten hat."

„Ja, ja, die Herren vom Gymmi sind was Besseres. Da sind wir nix für alle Tage." Kalle kommt dicht an Sven heran: „Aber vielleicht sind die Herren vom Gymmi auch Verräter..."

„Du tickst ja nich' richtig, Kalle!" Sven versetzt Kalle einen leichten Stoß, dass der rückwärts taumelt. Er will sich gerade auf Sven stürzen, als eine Stimme neben ihnen sagt:

„Guten Tag, meine Herren!"

Den Mann in Grau haben sie gar nicht kommen sehen. Diesmal ist er allein. Die Jungen kennen ihn, denn er war ein paar Mal in der Siedlung, hat alle befragt. Die meisten konnten beweisen, dass sie zum Zeitpunkt des Überfalls nicht am Tatort waren.

„Ach hallo, Sven und Torsten!", wendet sich der

Mann in Grau an die beiden. „Ihr habt Glück gehabt."

„Wir haben Glück gehabt? Wieso?" Sven versteht nicht, was der Kommissar meint.

„Ja, großes Glück. Es haben sich zwei Zeugen gemeldet, die Lars Grünwald und seine Komplizen identifiziert haben. Inzwischen haben die Jungs auch gestanden. Ihr seid also raus aus der Sache. Ohne die Zeugen allerdings wär's für euch eng geworden."

„Was denn – Sie haben die beiden verdächtigt?" Kalle amüsiert das außerordentlich. „Die sind doch noch grün, der eine 'n Megacooler und der andre 'n Weichei."

„Du bist Kalle, nicht?", vergewissert sich der Kommissar. Als der nickt, fährt er fort: „Beruhige dich, Kalle. Wir machen schon unsere Arbeit, und gegen wen sich unser Verdacht richtet, das musst du schon uns überlassen. Du siehst ja, am Ende verfolgen wir die richtige Spur. Auf euren Obermohr müsst ihr nun wohl eine Weile verzichten."

„Das muss erst mal 'n Gericht feststellen", widerspricht Kalle großspurig.

„Klar", gibt der Kommissar zu, „aber verlass dich drauf, das Gericht wird die Schuld der Vier nachweisen und sie verurteilen. Und dann wandern sie für eine Weile in den Bau."

Der Mann in Grau wendet sich zum Gehen.

34.

„Komm rein, Markus. Maja erwartet dich schon", begrüßt Frau Simon den Schulfreund ihrer Tochter. „Du kannst gleich durchgehen, du kennst dich ja aus. Sie ist in ihrem Zimmer."

Die Tür zu Majas Zimmer ist nur angelehnt. Zaghaft klopft Markus. „Komm rein!", sagt auch Maja.

Dann steht Markus mitten im Zimmer. Maja schaut ihn an, Unsicherheit liegt in ihrem Blick. Was wird jetzt geschehen? Wird Markus ihr Vorwürfe machen? Wird er heftig werden? Sich beleidigt zurückziehen?

Doch der schaut wie gebannt auf das Rosenrot-Gesicht. Fühlt, wie ein heißer Schauer durch seinen Körper fließt. Weiß nicht, was er sagen soll.

Maja bricht als Erste das Schweigen. „Setz dich doch, bitte", sagt sie leise. Sie atmet tief durch und wagt einen Vorstoß:

„Markus, es tut mir so Leid. Ich bitte dich, mir zu verzeihen."

Als Markus, der inzwischen in einem der Sessel sitzt, nichts sagt, sie nur anstarrt, versucht sie zu erklären:

„Weißt du, es kam so unerwartet. Ich meine, dass Sven so aufmerksam und freundlich war. Damit hatte ich überhaupt nicht gerechnet. Ganz im Gegenteil, ich hatte befürchtet, er würde uns den Tag verderben. Aber es kam alles ganz anders. Und weil ich darüber so froh und erleichtert war, habe ich mich zu wenig um die anderen, vor allem zu wenig um dich gekümmert."

Markus sagt immer noch nichts. Er schaut und schaut sie an. Verschlingt sie geradezu mit seinen Blicken.

„Ich wollte dir nicht wehtun, Markus. Wirklich nicht. Bitte, sei nicht mehr sauer." So langsam weiß Maja nicht, was sie noch sagen soll. Wenn Markus überhaupt nicht reagiert, läuft sie mit ihren Erklärungen ins Leere.

„Ich liebe dich, Maja!"

Was hat er da gesagt?! Beide erschrecken – Markus über seinen tollkühnen Mut und Maja über sein unverblümtes Geständnis. Das steht im Raum. Lässt sich nicht rückgängig machen.

Markus hat den Blick gesenkt, und nun ist es Maja, die ihn eingehend betrachtet.

Plötzlich springt Markus auf. Murmelt etwas, das wie „Ciao, bis morgen" klingt. Und dann hört Maja nur noch die Eingangstür zuschlagen.

„Das war ja ein kurzer Besuch." Frau Simon ist ins Zimmer gekommen und sieht Maja fragend an. „Habt ihr euch gestritten?"

„Vorsicht, Kamera!", ruft Maja. Aber zum Lachen ist ihr nicht zumute.

35.

„Karen." Sie zuckt zusammen, Markus steht dicht hinter ihr. Langsam, wie in Zeitlupe, dreht sich Karen um. Ausnahmsweise ist sie mal nicht mit Maja zusammen. Steht allein auf dem Schulhof. Ihre Freundin ist auf die Behinderten-Toilette gefahren. Dort duldet sie keine Hilfe.

„Karen, ich würde gern mal mit dir reden."
„Jetzt – hier?", fragt Karen.

„Nein, nicht hier. Könnten wir uns irgendwo treffen? Heute nach der Schule?"

„Ja", Karen zögert, „ich müsste aber meiner Oma noch Bescheid sagen. Sie rechnet nach der Schule mit mir. Wo, dachtest du, sollen wir uns treffen?"

„Kennst du das kleine Teehaus im Stadtpark?" Als Karen nickt, erklärt er weiter: „Gleich davor, am Teich, stehen ein paar Bänke. Wir werden sicher eine freie finden. Ich möchte gern irgendwo reden, wo wir nicht belauscht werden."

„Worum geht's denn?" Karen ist neugierig.

„Das sag ich dir später. Also, um halb drei im Park?"

„Okay."

Als Markus kurz vor halb drei an dem kleinen Teehaus ankommt, sind alle Bänke frei. Umso besser. Er wählt die, die dem Teich am nächsten steht, und lässt sich nieder. Von hier aus kann man den Weg gut überblicken.

Punkt halb drei entdeckt er Karen, die eilig den breiten Sandweg herunter auf die Bänke zuge- laufen kommt. Die langen blonden Haare wehen im Wind. Alles an ihr ist Bewegung. Sie schaut nicht nach rechts, nicht nach links. Muss ihn längst gesehen haben. Ein wirklich attraktives Mädchen, denkt Markus, und dazu noch sehr lieb. Warum ist mir das eigentlich bisher nicht aufgefallen?

Atemlos lässt sich Karen neben ihm auf die Bank fallen. „Wartest du schon lange? Ich hab noch mit meiner Oma telefoniert. Länger, als ich eigentlich vorhatte. Aber sie wollte alles ganz ge- nau wissen. Wo, wann, warum ..."

„Ich bin auch gerade erst gekommen", sagt

Markus.

Danach schweigen die beiden eine Weile. Markus weiß nicht recht, wie er beginnen soll. Und Karen wartet darauf, dass er sagt, worum es geht.

„Ich wollte mit dir über Maja reden", sagt Markus schließlich. „Oder über Sven. Oder über beide."

Das hat Karen vermutet. Nun, da sich die Vermutung bestätigt, ist ihr das gar nicht recht. Was denkt er sich dabei, sich bei ihr über ihre Freundin zu beschweren? Denn darauf wird es doch wohl hinauslaufen. Er will sich bei ihr über Maja ausheulen. Und sie, Karen, womöglich noch einspannen für seine Zwecke. Dass sie ein gutes Wort für ihn einlegt. Dass sie Maja bequatscht. Damit wieder Friede, Freude, Eierkuchen herrscht. Nein, dazu verspürt Karen nicht die geringste Lust. Wirklich nicht.

„Sven hat sich neulich auf Majas Geburtstag ganz ungewohnt verhalten, fandst du nicht auch?"

„Allerdings!", bestätigt Karen.

„Ich hatte das Gefühl, das hat großen Eindruck auf Maja gemacht."

„Kann sein. So genau weiß ich das nicht", lügt Karen.

„Ich hab vorgestern mit ihr gesprochen. Da hat sie es zugegeben und sich entschuldigt. Dass sie sich so wenig um die andern gekümmert hat."

Ach ja? Davon weiß Karen gar nichts. Das hat die Freundin verschwiegen. Dass Markus bei ihr war. Warum nur?

„Wenn ihr darüber gesprochen habt, dann ist doch alles klar." Karen kann nicht erkennen, wo es noch Fragen gibt.

„Eben nicht."

„Und wieso nicht?"

„Weil ich - ", Markus zögert, „weil ich - - weggelaufen bin."

„Du bist was?!" Karen sieht Markus verständnislos an. Der starrt wie hypnotisiert auf den Teich. Als ob es da etwas ungeheuer Interessantes zu sehen gäbe.

Schließlich rückt er damit heraus: „Ja, stell dir vor, ich habe Maja gesagt, dass ich sie liebe, und dann bin ich weggerannt."

Dazu fällt Karen nichts mehr ein. Allerdings ist jetzt klar, warum Maja das Treffen nicht erwähnt hat. Weil es eine Liebeserklärung gegeben hat. Und Maja sehr genau wusste, wie Karen über die ganze Geschichte denkt.

„Ich muss jetzt unbedingt wissen, was Maja für mich fühlt. Ob sie etwas für mich empfindet. Oder ob sie sich vielleicht in Sven verliebt hat."

„Da musst du sie schon selber fragen. Wahrscheinlich hättest du's erfahren, wenn du nicht weggelaufen wärst." Karens Kommentar fällt reichlich kühl aus.

„Ja, du hast ja Recht. Aber es ist jetzt alles so verkorkst. Ich kann sie nicht fragen. Wie soll das gehen? An das Gespräch von vorgestern anknüpfen und fragen: Liebst du mich?"

„Warum nicht?"

„Weil – es gibt da noch ein Problem." Was denn nun noch? Nur scheibchenweise rückt Markus mit der Sprache heraus. Allmählich geht Karen die ganze Sache gewaltig auf die Nerven. Was hat sie mit diesem Hin und Her zwischen ihm und Maja zu tun?

„Und welches?", fragt Karen leicht ungehalten. Markus ringt sich nun doch zu einer Erklärung durch: „Weißt du, Karen, wochenlang war ich verliebt in Maja. Habe krampfhaft versucht, das nicht zu zeigen. Obwohl man es mir sicher angemerkt hat."

Allerdings!, denkt Karen. Nur ein Idiot hätte nichts gemerkt.

„Und dann habe ich mich endlich getraut, ihr das zu sagen." Markus macht eine Pause.

„Und wo ist das Problem?", fragt Karen.

„Das Problem ist – nachdem ich Maja gesagt habe, dass ich sie liebe, weiß ich nicht, ob das überhaupt noch stimmt."

36.

„Ja bitte, Sie wünschen?" Auf den ersten Blick hält Frau Simon den jungen Mann mit den kurzen blonden Haaren, der da vor ihrer Haustür steht, für einen Vertreter oder Spendensammler.

„Guten Tag! Mein Name ist Sven Wernicke. Ich bin ein Schulfreund Ihrer Tochter und wollte die Maja gern besuchen."

„Ach, natürlich! Sie waren doch auch auf Majas Geburtstagsfeier, nicht wahr?"

„Ja", lacht Sven, „aber Sie haben mich nicht wiedererkannt, stimmt's?"

„Nein, im ersten Moment nicht." Und in Richtung von Majas Zimmer ruft sie: „Maja, du bekommst Besuch!"

„Maja ist in ihrem Zimmer", sagt sie zu Sven, „Sie kennen ja den Weg."

„Klar! Aber Sie können ruhig noch „du" zu mir sagen."

„Na ja, in eurem Alter weiß man nie so recht,

wie man's richtig macht", erklärt Frau Simon noch. Aber Sven ist schon in Majas Zimmer verschwunden.

Mit Sven hat Maja überhaupt nicht gerechnet. Karen – ja, vielleicht auch Markus – ja. Aber Sven?

Sven steht so unvermittelt vor ihr, dass es Maja einen Stich versetzt. Sie fühlt, wie ihr brennende Röte ins Gesicht steigt. Das macht alles noch schlimmer. Um keinen Preis will sie zu erkennen geben, was sie für Sven empfindet. Ihm keine verwundbare Stelle bieten. Schließlich hat er sie bis vor kurzem noch mit Hass und Spott verfolgt. Auch wenn sie sich das selbst nicht eingestanden hat – Sven ist eine Bedrohung gewesen. Und wer weiß, ob er das nicht ganz schnell wieder werden kann.

Anders als Markus, der immer so schüchtern war, hat es sich Sven gleich in einem Sessel bequem gemacht. Lässig, ein langes Bein auf dem Knie des anderen, die Arme auf den Sessellehnen, schaut er Maja lächelnd an.

„Ich dachte, ich komm einfach mal vorbei. Ich hatte Lust, dich zu sehen."

Svens Offenheit überwältigt sie. Jetzt wäre es gut, aufzustehen und sich mit irgendwas zu beschäftigen, damit er nicht merkt, was mit ihr los ist. Verfluchter Rollstuhl! In dem man festklebt. Aus dem man nicht entkommen kann.

Sven plaudert munter weiter: „Meine Mutter ist heute Nachmittag mit Lisa zum Sprachtraining. Da muss ich nicht auf Lisa aufpassen. Ich wollte dich unbedingt wiedersehen – ich meine, außerhalb der Schule."

Mit gesenktem Kopf hört sich Maja seine unbekümmerten Bekenntnisse an. Ist das, was er sagt, ernst gemeint? Sind es die freundschaftlichen Bemerkungen eines Kumpels, oder steckt mehr dahinter? Würde er, wenn er in sie verliebt wäre, so locker mit ihr umgehen? So ohne jede Verlegenheit mit ihr reden? Sie denkt an Markus, wie schwer der sich getan hat. Wie sein Geständnis ihn dann offenbar selbst ins Schleudern gebracht hat. Ein Glück nur, dass er geflüchtet ist. Maja hätte nicht gewusst, wie sie seine Liebeserklärung aufnehmen soll.

Aber Sven ist nicht Markus.

Was wäre wenn? Wenn Sven sie mehr mag als

die anderen Mädchen aus der Klasse? Das Wort ‚lieben' wagt Maja nicht einmal zu denken.

Ja, was wäre wenn? Ein attraktiver junger Mann, groß, schlank und sportlich und seine Freundin – im Rollstuhl. Ach, wie traurig! Nett, dass er sich so um sie kümmert. Aber die Beziehung wird nicht lange halten. Irgendwann wird ihm das zu viel, er lernt ein „normales" Mädchen kennen, und aus ist die Geschichte.

Maja hört fast schon die klugen Kommentare der Leute, denen sie begegnen würden. Eigentlich haben die sogar Recht. Verfluchter Rollstuhl! Bisher hatte sie sich in ihrem Leben im Rollstuhl einigermaßen zufrieden eingerichtet. Jetzt wird ihr zum ersten Mal so richtig bewusst, wie sehr sie dieser Käfig einschränkt. Was alles vielleicht nicht möglich ist. So sehr sie sich auch anstrengt.

„Maja, was ist? Habe ich dich vielleicht gestört?" Sven hält die Stille nicht mehr aus. Weiß nicht, wie er sie deuten soll.

„Nein, nein", sagt Maja leise. „Es ist nur – ich habe überhaupt nicht mit dir gerechnet."

„Konntest du ja auch nicht. Ich hab es selbst nicht gewusst. Hab mich ganz plötzlich dazu entschlossen, als ich an dich gedacht habe."

Maja hebt den Blick und sieht in Svens Gesicht – kein ausgesprochen hübsches Gesicht. Ein wenig zu kantig. Aber ein Gesicht, das man so schnell nicht vergisst. Findet sie. Grünblaue Augen, die sie nicht loslassen. Die sie so treffen, dass sie gleich wieder den Blick senken muss.

Aber so kann man ein Gespräch nicht führen. Sie muss sich berappeln. Versuchen, ganz normal zu wirken.

„Wolltest du etwas Bestimmtes? Oder bist du einfach nur so vorbeigekommen?", fragt sie ihn. Man muss ihn dabei ja nicht angucken. Man kann ja aus dem Fenster sehen.

„Ja, ich wollte etwas Bestimmtes."

Maja spürt ihr Herz klopfen. Sonst spürt sie das nicht.

„Und was ist das?"

„Ich wollte dich fragen, was für eine Beziehung

du zu Markus hast."

Das sagt er einfach so locker dahin. Was für eine Beziehung sie zu Markus hat, will er wissen. Wieso? Wieso interessiert ihn das?

„Ich mag ihn ganz gern", gibt Maja zu.

„Hör zu, Maja, ich möchte wissen, ob da mehr ist als nur Gernhaben. Ich will mich nirgendwo reindrängen. Deshalb musst du mir sagen, ob ihr beide zusammen seid. Manchmal hatte ich den Eindruck, dass ihr sehr – hmm – dass er mehr ist als nur einfach ein Kumpel."

Wieso reindrängen? Wo denn reindrängen? Plötzlich hat Maja Mühe zu verstehen, was er meint. Oder Angst?

„Nein, wir sind nicht zusammen. Jedenfalls nicht so, wie du das meinst. Er hat mir zwar gesagt, dass er mich - - - sehr mag, aber ich – ich, na ja, ich hab nicht dieselben Gefühle für ihn."

„Das ist gut!" Sven atmet erleichtert auf. Und strahlt.

„Wieso ist das gut?", fragt Maja verwirrt.

„Das erkläre ich dir ein anderes Mal."

37.

„Ej, Sven, warum kommste denn gar nich' mehr runter zur Clique?"

„Mann, Torsten", erklärt Sven, „das is' doch auf Dauer megaöde. Immer nur saufen und abhängen und Sprüche kloppen. Außerdem – Lars und die andren sind erst mal im Bau. Da is' doch sowieso nix los."

„Und wo biste dann nachmittags immer? Zu mir kommste ja auch nich' mehr."

„Ich wüsste nich', was dich das angeht. Aber ich will mal nich' so sein – meistens bin ich zu Hause. Du weißt doch, dass ich mich um Lisa kümmern muss."

„Ah ja, zu Hause", sagt Torsten nur und man hört, dass er Sven kein Wort glaubt.

Torsten und Sven sind auf dem Weg von der Schule nach Hause. Da Sven schweigt, bohrt

Torsten weiter:

„Was machste denn heute Nachmittag?"

„Weiß noch nich'." Sven hat keine Lust auf dieses Gespräch.

„Willste nich' mal wieder zu mir rüberkommen? Wir könnten 'n bisschen quatschen oder was spielen. Oder uns vor die Glotze knallen. Jetzt stört uns ja definitiv kein Bulle mehr."

„Nee, geht nich'", lehnt Sven kurz ab.

„Haste wieder in der Birkenstraße zu tun?", fragt Torsten scheinheilig.

So ein Mistkerl, denkt Sven, is' anscheinend hinter mir hergeschlichen. Woher weiß er sonst...?

„Was soll ich denn in der Birkenstraße?", gibt er sich ahnungslos.

„Woher soll ich das wissen? Vielleicht gibt's da jemand, den du kennst."

„Wie kommste denn darauf?", fragt Sven.

„Och, nur so. Ich dachte, ich hätte dich neulich da gesehen."

Jetzt dreht Sven den Spieß um: „Was hast *du* denn in der Birkenstraße zu suchen?"

„Bin einfach so'n bisschen rumgelaufen."

Unvermittelt bleibt Sven stehen, zieht Torsten am Jackenärmel zu sich heran.

„Worauf willste eigentlich raus?"

Unwillig schüttelt Torsten Svens Hand ab. „Lass mich los! Ich will auf gar nix raus. Ich find's nur komisch, dass du dich nich' mehr blicken lässt, weder bei mir noch in der Clique, sondern in die Birkenstraße zu – zu – na ja, zu Maja rennst. Zu der gehste doch, oder?"

So, jetzt ist es heraus, was er sagen wollte. Unsicher schaut Torsten Sven an. Wird der jetzt gleich 'nen Ausraster kriegen?

Aber Sven sieht ihn nur an und sagt ganz ruhig: „Und wenn's so wäre? Haste was dagegen?"

„Nee, aber ich dachte ..."

„Haste falsch gedacht.“

„Moment mal, zu Anfang haste die doch ständig schräg angemacht. Richtig schikaniert. Gehasst haste die.“

„Ja, und? Darf man seine Meinung vielleicht auch mal ändern?“

Torsten verschlägt es die Sprache. Sven gibt also unumwunden zu, dass er zu Maja geht. Na ja, direkt unumwunden nicht. Aber er streitet es zumindest nicht ab. Offenbar denkt er jetzt anders über die Neue. Die so neu nun schon gar nicht mehr ist.

„Wieso ...“

Weiter kommt Torsten nicht.

„Wieso was?“, fragt Sven ungehalten.

„Wieso haste deine Meinung denn geändert. Findste die jetzt gut oder was?“

„Ja, die ist ein ganz tolles Mädchen“, sagt Sven fast feierlich. „Überhaupt nich’ zickig. Ganz normal eigentlich. Ich war zu ihrem Geburtstag eingeladen. Da hab ich sie erst richtig kennengelernt. Die is' ganz anders, als ich gedacht hab. Immer gut drauf. Jedenfalls fast immer. Wenn man mit ihr spricht, merkt man den Rollstuhl fast gar nich' mehr. Der is' total unwichtig."

Dass Sven so ins Schwärmen kommt, erstaunt Torsten nun wirklich. Aber etwas wurmt ihn:

„Du warst bei ihrem Geburtstag? Haste mir überhaupt nix von erzählt."

„Muss ich dir alles erzählen?"

„Ich dachte, wir sind Freunde. Früher haste mir doch auch alles erzählt."

„Ja, hast ja Recht", lenkt Sven ein. „Tut mir Leid. Aber wo ich doch erst so große Töne gespuckt habe, von wegen die gehört nich' hierher und so, da hab ich 'n bisschen Schiss gehabt, dir das zu sagen. Na ja, nich' direkt Schiss, aber ich kam mir 'n bisschen blöd vor, verstehste?"

Torsten nickt. „Und nun?", fragt er. „Biste jetzt mit ihr zusammen?"

„Nee, nich' so richtig. Aber ich wär's gern."

38.

Wirklich ein Klasse-Typ, denkt Karen, durch-trainierter Körper, hübsches Gesicht und außer-dem ist er noch nett, sehr, sehr nett. Schade nur, dass ... aber nein, in Maja ist er ja nicht mehr verliebt. Wie es aussieht, hat er im Moment überhaupt kein Interesse an Mädchen.

Karen geht ein paar Meter hinter Markus die Straße hinunter. Sie sind auf dem Nachhause-weg von der Schule, eine ganze Gruppe, schwat-zend, lachend, quietschend, kreischend. Da fällt es nicht auf, dass Karen in Gedanken versunken ist.

Maja sitzt schon im Auto der Mutter. Die Freun-dinnen haben heute nicht viel miteinander ge-sprochen. In der letzten Zeit herrscht leichte Verstimmung zwischen den beiden. Alles wegen Sven und Markus!

Plötzlich bleibt Markus stehen. Dreht sich um. Schaut suchend in den Pulk der Mitschüler. Dann hat er Karen entdeckt. Verstellt ihr ein-fach den Weg. Lacht sie an. Ein kleiner Blitz fährt durch ihren Körper. Unsicher lächelt sie zurück. Was will er von ihr?

„Ich hätte Lust, bei diesem schönen Wetter was zu unternehmen. Willst du nicht mitkommen?"

Karen blinzelt zu ihm hoch, die Sonne blendet sie. „Ja, schon..." Sie weiß nicht, ob es einen Grund gibt sich zu freuen oder nicht. Nicht zu viel erwarten! Sicher sucht er einfach nur jemand zur Gesellschaft. Um nicht allein zu sein.

„Sehr begeistert klingt das ja nicht." Markus lacht noch immer.

„Doch, klar, ich würde auch gern was mit dir unternehmen. An was hattest du denn gedacht?"

„Wir könnten eine kleine Wanderung machen – ins Museumsdorf. Oder zur Wasserburg. Oder mach du einen Vorschlag!"

„Zur Wasserburg – das wäre schön. Da bin ich lange nicht gewesen."

Ganz einsam ist es da, denkt Karen. Und sehr romantisch. Die Umgebung verwildert. Die Burg halb verfallen. Nur Schwäne und Enten tummeln sich im Wassergraben. Als ob sie Wache hielten. Ein Ort, wo sie ganz allein sein werden. Sie und Markus. In diese Gegend verirrt sich kein Tourist. Und die Einheimischen interessieren sich nicht für das verrottende Gemäuer. Nur Kinder spielen manchmal dort. Auch Karen hat früher viel Zeit mit Freunden in der Umgebung der Burg verbracht. In der Dämmerung, wenn sie nach Hause zurückkehren mussten, wurde es rund um die alten Mauern unheimlich. Lange Schatten, dunkle Ecken, Nebelschleier. So richtig zum Gruseln. Und einmal wollten drei Schwäne ihr und ihrer Freundin den Rückweg von der Burg abschneiden. Fauchend und flügelschlagend warteten sie am Rand des Damms, der zur Burg führt, auf die Mädchen. Da half nur eins: Anlauf nehmen und wie ein mittlerer Orkan über den Damm fegen.

Seit Jahren ist Karen nicht mehr bei der Wasserburg gewesen. Und nun wird sie mit Markus in diese verzauberte Wildnis eintauchen. Schwebezustand zwischen Glückseligkeit und Angst. Was wird geschehen? Und wie soll sie sich verhalten? Ist die Sache zwischen Markus und Maja geklärt? Sie will nicht hinter dem Rücken von Maja ... Schließlich ist die immer noch ihre Freundin. Trotz allem.

„Hallo, Karen!" Lachend wedelt Markus mit der Hand vor ihrem Gesicht. „Wo bist du?"

„Oh - -", jetzt muss auch Karen lachen. „Ich dachte gerade an früher. Als Kind bin ich oft zur alten Burg gegangen. Wir haben da gespielt. Meine Freunde und ich. Schon seit einer Ewigkeit bin ich nicht mehr da gewesen. Ich hatte die Wasserburg fast vergessen. Dabei ist sie gar nicht so weit weg. Wir Kinder sind immer mit den Rädern hingefahren."

„Dann kennst du dich dort ja gut aus und kannst mir alles zeigen. Also, wann treffen wir uns? Um drei?"

„Okay. Um drei vor der Schule. Mit oder ohne Rad?"

„Nee, ich würde lieber laufen. Ich wollte noch was mit dir besprechen. Das macht sich beim Radfahren nicht so gut."

Da ist er wieder, der kleine, spitze Blitz, der durch Karens Körper fährt. Was will Markus denn mit ihr besprechen?

Mach dir keine falschen Hoffnungen! Sagt sie sich auf dem Weg zum Hexenhäuschen immer wieder. Mach dir keine falschen Hoffnungen!

39.

„Markus hat dich lange nicht besucht", stellt Majas Mutter fest. „Habt ihr euch gestritten?"
„Nein, wir haben uns nicht gestritten", antwortet Maja und schaut verlegen zur Seite. Was Frau Simon sehr wohl bemerkt.

Mit dieser kurzen Erklärung gibt sich die Mutter nicht zufrieden. Sie bohrt weiter: „Hat er so viel anderes zu tun, dass er keine Zeit mehr für dich hat?"

„Nein, das ist es nicht ..."

„Was ist es dann?" Die Mutter lässt nicht locker.

„Oh, Mama!", stöhnt Maja. Wenn nicht alles so verworren wäre, würde sie „Vorsicht, Kamera!" rufen. Aber im Moment ist ihr nicht nach neckischer Abwehr zumute.

„Ist es so schlimm?"

„Nein, nicht schlimm. Aber - - sehr privat." Maja sieht ihre Mutter prüfend an. Ist die jetzt verletzt?

„Und du magst nicht mit mir darüber reden", stellt die Mutter fest. Ihre Stimme klingt überhaupt nicht beleidigt.

„Nein, eigentlich nicht."

„Das ist in Ordnung, Maja-Mädchen. Es ist nur - - der Markus ist so ein netter Junge, und ich hätte mich gefreut, wenn zwischen euch eine richtig gute Freundschaft entstanden wäre."

„Ja, das stimmt", sagt Maja. „Markus ist wirklich ein netter Junge. Ich weiß auch nicht ..." Maja spricht nicht weiter.

Auch Majas Mutter schweigt. Jetzt sieht sie die Tochter forschend an. Gibt es da ein Problem? Hat Maja Kummer? Aber sie wirkt gar nicht niedergeschlagen. Ist auch in der letzten Zeit alles andere als traurig gewesen.

„Na gut, Maja. Wenn du irgendwann mit mir darüber reden möchtest - - jederzeit, das weißt du sicher." Sie wendet sich um und fügt im Gehen noch hinzu: „Übrigens, der Sven, der jetzt öfter kommt, ist auch ein netter Junge." Damit öffnet sie die Tür und will das Zimmer verlassen.

„Nein, bleib Mama!", ruft Maja ihr hinterher. „Wir können gleich darüber sprechen. Irgendwann erfährst du es ja sowieso. Es ist nur alles ein bisschen kompliziert."

„Kompliziert?", fragt die Mutter.

„Ja. Die Sache ist nämlich die, dass der Markus in mich verliebt ist. Oder zumindest war. Ob das noch so ist, weiß ich nicht. Jedenfalls hat er mir das gesagt und gleich darauf die Flucht ergriffen. Und seitdem ist er nicht mehr hier erschienen. Auch in der Schule reden wir nur miteinander, wenn es nötig ist."

„Das ist allerdings ein bisschen seltsam."

„Nein, Mama, das ist gar nicht seltsam. Markus weiß nämlich, dass ich ihn zwar sehr gern habe, dass ich aber nicht in ihn verliebt bin."

„Ach so." Obwohl ihr langsam dämmert, welche Konflikte sich da auftun könnten – so ganz den Durchblick hat Frau Simon noch nicht.

„Hast du ihm das gesagt?", fragt sie deshalb.

„Nein, nicht gesagt. Aber er hat es gemerkt. Es

war auch ziemlich deutlich zu sehen."

„Was war ziemlich deutlich zu sehen?"

„Dass ich in jemand anderen verliebt bin." So, nun ist es heraus.

„In jemand anderen? In wen denn?" Und nach einer kurzen Pause hat Majas Mutter die Antwort selbst gefunden: „In Sven?"

Maja nickt.

„Und Sven?"

„Ich weiß nicht. Er hat so komische Andeutungen gemacht. Klar ausgedrückt hat er sich nicht. Er wollte mir später alles erklären."

„Na ja", überlegt Frau Simon, „so wie er mit dir umgeht, wenn er hier ist, würde ich schon sagen, dass er ..."

„Dass er was?", fragt Maja.

„Dass er dich zumindest sehr, sehr gern hat."

„Übrigens, Mama", beginnt Maja nach einer

Weile zögernd eine neue Eröffnung, „Sven ist der Junge, der - - - weißt du noch, am ersten Schultag hatte ich dir von einem Jungen erzählt, der meinte, ich gehörte nicht auf diese Schule. - - - Das war Sven."

„Was?! Das war Sven?!" Frau Simon ist entsetzt. Eigentlich kann sie nicht glauben, dass der Junge mit dem dummen Spruch, von dem Maja damals kurz berichtet hatte, und der freundliche, höfliche junge Mann, den sie kennengelernt hat, ein und dieselbe Person sein sollen.

„Das verstehe ich nicht, Maja. War das damals nur ein Ausrutscher? Oder hat er sich geändert? Oder verstellt er sich jetzt nur? Was soll ich, was sollst du davon halten?"

„Ein Ausrutscher war es sicher nicht. Sven war in der Klasse bekannt als agg - - als ziemlich heftiger Junge." Zum Glück hat sie der Mutter nie etwas von dem Tritt gegen den Rollstuhl und von der Verfolgung erzählt. „Er hat sich sehr verändert, und ich glaube nicht, dass er sich verstellt."

„Seit wann hat er sich denn verändert? Und wieso?"

„Ich weiß nicht, wieso. Aber ganz anders war er zu mir an meinem Geburtstag. Nein, eigentlich schon, als ich ihm die Einladung gegeben habe. Da hatte ich den Eindruck, dass er sich richtig gefreut hat."

„Wie bist du denn auf die Idee gekommen, so jemanden zum Geburtstag einzuladen? Das hätte ja sehr unangenehm werden können."

„Ja, das war mir klar, Mama. Aber - - ich wollte einfach wissen, wie er reagiert, wenn ich nett zu ihm bin. Ich wollte testen, ob er überhaupt kommt und wie er sich dann benimmt."

„Das hätte schwer ins Auge gehen können, meine liebe Tochter." Die Mutter schüttelt den Kopf. „Und wann hast du dich nun ausgerechnet in ihn verliebt?", kommt sie auf das ursprüngliche Thema zurück.

„Auf meiner Geburtstagsfete. Er war so lieb und aufmerksam. Ich hab mich so sicher gefühlt mit ihm. Und ich hatte das Gefühl, dass auch er ein bisschen in mich ..."

Die Mutter schaut die Tochter an, die mit glücklichem Gesichtsausdruck im Rollstuhl sitzt und träumt.

So manches geht Frau Simon durch den Kopf.

40.

Schön ist es hier, denkt Karen, wunderschön, als
sie sich den Weg durch die grüne Wildnis bahnen. Markus geht voran. Schiebt die allzu frech
den Weg versperrenden Pflanzen und Gräser
beiseite. Geredet wird kaum. Hier muss man
sich auf den Weg konzentrieren, der gar keiner
ist. Sonst läuft man Gefahr, dass einem unverse-
hens eine hochgewachsene Brennnessel, ein
Zweig von einem Birkenschössling oder eine
Resedenraute ins Gesicht schlägt.

Früher war das nicht so zugewachsen. Jedenfalls
kann sich Karen nicht daran erinnern. Sie sind
doch immer mit den Rädern diesen schmalen
Weg entlanggefahren. Die Pflanzen haben sie
dabei nicht behindert. Klar, rechts und links
war auch damals schon wilde Sommerwiese.
Aber so hoch und dicht stand das „Unkraut"
nicht. Blöde Bezeichnung: Unkraut, findet Karen. Die zarten und kräftigen Blüten in allen

Farben – das Blau der Kornblume, das Rot des Klatschmohn, das Gelb der wilden Resede, das Violett der Wiesen-Glockenblume, dazwischen die hohen Ähren der Gräser -, das alles ist doch wunderschön. Oder erlebt sie das nur so intensiv, weil vor ihr der Junge sich durch die Wildnis kämpft, den sie - - -?

Eine verschleierte Sonne brennt unbarmherzig auf das offene, baumlose Feld nieder. Heiß ist es. Als endlich die dunklen Mauern der Wasserburg vor ihnen auftauchen, sind Karen und Markus ein bisschen außer Atem und verschwitzt. Markus greift nach Karens Hand. Nebeneinander wandern sie langsam über den Damm, der zur Burg führt. Im Wassergraben streiten sich schnatternd ein paar Enten. Drei Schwäne ziehen majestätisch ihre Kreise. Wie damals, denkt Karen. Damals taten sie auch erst ganz harmlos.

Vorsichtig wagt sich Markus in das dunkle Innere der Burg. Mit einem mulmigen Gefühl folgt ihm Karen. Unheimlich ist es hier, ihre Schritte hallen in dem düsteren, feuchten, verfallenen Gemäuer.

Durch einen schmalen Gang sind sie in den Innenhof gelangt. Hier ist es hell. Ein bleicher Himmel über ihnen. Die Sonne milchig und verschwiemelt über den Zinnen.

In der Mitte des Hofes steht ein imposanter Stein. „Du kennst dich doch hier aus. Ist das ein Findling?", fragt Markus.

„Ja, man sagt, dass die Burg um den Stein herum gebaut wurde. Ob es stimmt?" Karen zuckt die Schultern.

„Komm, wir setzen uns davor", sagt Markus.

Also, jetzt geht's los. Jetzt wird er rausrücken mit dem, was er mit mir besprechen will. Als sie sich gesetzt haben, wartet Karen. Wartet, dass Markus beginnt. Herz, das klopft. Kloß im Hals. Aber Markus schweigt. Hat die Knie angezogen. Sieht sich um. Greift nach einem herumliegenden Stöckchen. Malt Kreise in den Sand.

Wann kommt er denn nun endlich zu Potte? Er macht es ja wirklich spannend! Karen fühlt, wie leichter Ärger in ihr aufsteigt. Ehe sie davon überwältigt wird, ergreift sie lieber die Initiative.

„Wolltest du nicht was mit mir besprechen?"

„Ja, aber das ist nicht so einfach."

„Was ist denn dabei so schwierig? Leg doch einfach mal los!"

„Okay, also - - - Ich hab dir ja schon mal gesagt, dass ich in Maja verliebt war. Gleich als sie das erste Mal in die Klasse kam, ist es passiert. Ich hab mir Hoffnungen gemacht, und sicher mag sie mich. Aber das, was ich für sie empfinde – oder nein, besser: empfunden habe, das hat sie nicht erwidert. Das habe ich ganz deutlich auf ihrer Geburtstagsfeier gespürt. So wie sie und Sven miteinander umgegangen sind ..."

Ungeduldig hört Karen ihm zu. Das kennt sie doch schon alles. Sie denkt an seinen letzten Satz bei ihrem Gespräch im Park: ‚Nachdem ich Maja gesagt habe, dass ich sie liebe, weiß ich nicht, ob das noch stimmt.' Wird er das noch erklären? Wird er sagen, dass er jetzt ein anderes Mädchen liebt?

Karen atmet tief durch. Das mildert ein wenig den Druck, der sich wie ein zu enges Korsett um ihre Brust spannt.

Endlich redet Markus weiter: „Und dann - - ich weiß auch nicht, warum ich dann noch mit dem Geständnis rausgeplatzt bin. Nach Majas Geburtstag habe ich mir gar keine Hoffnungen mehr gemacht. Und ich habe festgestellt, dass es auch noch andere Mädchen gibt. Sehr hübsche und sehr liebe Mädchen."

Gleich wird mir das Herz stehen bleiben, denkt Karen. Unwillkürlich presst sie ihre Hand auf die Stelle, unter der ihr Herz so verrückt schlägt. Sie wagt nicht, Markus anzusehen, als sie leise fragt: „Wen meinst du denn?"

„Dich, Karen", sagt Markus schlicht. „Aber ich weiß nicht, ob du mich ...

Da flüstert Karen: „Aber ja, schon lange. Schon sehr, sehr lange."

41.

Freunde waren sie ja noch nie. Aber in der letzten Zeit sind sich Sven und Markus ganz bewusst aus dem Weg gegangen. Zu viel Unausgesprochenes, zu viel Unklares auch stand zwischen ihnen. Aber nun will Sven Klarheit haben.

Und Klarheit schaffen. Er muss wissen, was Markus vorhat. Wie er zu Maja steht. Ob er um sie kämpfen wird.

Der Pausenhof ist zwar nicht unbedingt der geeignete Ort, um solcher Art Gespräche zu führen. Aber Sven will es jetzt rasch hinter sich bringen. Will wissen, woran er ist. Ob er Maja endlich sagen kann, was mit ihm passiert ist. Denn er hat das todsichere Gefühl, dass auch Maja mehr für ihn empfindet als Freundschaft für einem Kumpel.

Auf dem Hof herrscht dichtes Gedränge. Ganz vorne am Zaun steht Markus. Von der Treppe aus hat Sven ihn entdeckt. Markus ist nicht allein. Sehr dicht, verdächtig dicht, findet Sven, lehnt Karen an Markus' Schulter. Sven schiebt sich langsam durch die Menge. Muss sich immer wieder einen Weg bahnen. Vorbei an heftig diskutierenden oder herumalbernden Grüppchen, streitenden oder gegen jedes Verbot tobenden „Minis".

„Ej, Markus", beginnt Sven, forscher als ihm zumute ist, „kann ich dich mal kurz sprechen?"

Markus' Miene hat sich verfinstert, als er Sven

auf sich zukommen sah. Seine Antwort fällt nicht übermäßig freundlich aus:

„Ja, wenn's sein muss. Worum geht's denn?"

„Es muss sein. Und ich würde gern mit dir allein reden."

Karen hat sich bereits von Markus' Schulter gelöst. „Ist schon okay", sagt sie zu Markus gewandt und schlendert, die Hände in die Jeans-Taschen gebohrt, in Richtung Schulgebäude.

Als sie allein sind, kommt Sven sofort zur Sache: „Markus, hör zu, ich muss wissen, was zwischen dir und Maja ist. Es hat so ausgesehen, als ob du sehr verknallt in sie wärst. Ist das noch so? Oder hat sich da was geändert?"

Markus schaut Sven mit großen Augen an. Dass seine Verliebtheit so offenkundig und für alle sichtbar war, das kann er gar nicht begreifen. Er hatte gedacht, er hätte sich gut verstellt. Doch nicht nur Karen, sondern sogar Sven hat ihn durchschaut. Klar, bei Karen stand er unter besonderer Beobachtung, weil sie in ihn verliebt war – und ist. Aber Sven? Was hat der überhaupt für ein Interesse an seinen, Markus', Gefühlen?

Und jetzt muss Markus, wenn er ehrlich sein will, auch noch gestehen, dass die Verliebtheit auf und davon ist. Jedenfalls die in Maja. Ganz klar ist ihm nicht, wie Sven das aufnehmen wird. So, wie er sich auf Majas Geburtstag aufgeführt hat, könnte man denken ... Quatsch! Sven und ein Mädchen im Rollstuhl. Ein Witz! Aber Maja scheint ihn sehr zu mögen.

Ärger steigt in Markus hoch: „Pass auf, Sven, eigentlich geht dich das überhaupt nichts an. Ich weiß gar nicht, weshalb du dich für meine Angelegenheiten interessierst."

„Das will ich dir sagen, Markus. Ich habe - - - ich mag die Maja sehr, aber wenn ihr beide noch zusammen seid, dann will ich mich nicht dazwischendrängen."

Verblüfft schaut Markus in Svens Gesicht. Der hat sich tatsächlich in Maja verknallt! Wer hätte das gedacht?! Hat sein Benehmen auf dem Geburtstag doch nicht getäuscht. War also echt und nicht gespielt.

Markus entspannt sich. Wie sich das jetzt entwickelt, einfach genial! Wenn Sven und Maja ... dann ist doch auch gegen mich und Karen nichts einzuwenden. Ich müsste dann nur noch mal mit Maja reden. In aller Ruhe. Und die Dinge richtigstellen.

Sven wartet noch immer auf eine Antwort.

„Nein", erklärt Markus schließlich, „ich bin jetzt mit Karen zusammen. Maja habe ich immer noch sehr gerne, aber - - ich glaube, sie mag jemand anderen lieber als mich."

Sven zuckt zusammen, eine heiße Welle zieht durch seinen Körper. „Dann wäre ja alles geklärt", sagt er schnell und hofft, dass seine Reaktion nicht bemerkt worden ist. Er selbst hat die Hitze im Gesicht sehr wohl gespürt.

Aber er hat sich schnell wieder gefasst. „Wenn das so ist, können wir ja mal zusammen was unternehmen. Ich meine, zu viert", sagt er. Grinst und geht.

42.

„Ah, der Markus. Lange nicht gesehen. Komm rein, Maja ist auf der Terrasse."

Nachdenklich schaut Frau Simon dem jungen Mann nach, der sich zur Terrasse aufmacht. Schade eigentlich, dass Maja sich nicht für ihn entschieden hat. Zugegeben, der Sven ist auch nicht übel. Aber was ist von einem Jungen zu halten, der erst Front gegen eine Rollstuhlfahrerin macht und sie dann zur Freundin haben will? Ist nicht zu befürchten, dass er bei der erstbesten Gelegenheit wieder umschwenkt? Schließlich bringt eine Freundin, die im Rollstuhl sitzt, eine Reihe von speziellen Problemen mit sich. Was macht ein Junge wie Sven, wenn ihm eine nicht behinderte, attraktive junge Frau über den Weg läuft? Wird er sich dann mit fliegenden Fahnen in eine bequemere Beziehung stürzen und Maja im wahrsten Sinne des Wortes sitzen lassen? Wie wird Maja das dann verkraften? Seufzend geht sie in ihr Arbeitszimmer.

Markus ist auf der Terrasse angekommen. Als Maja ihn bemerkt, staunt sie nicht schlecht: „Markus, du? Das ist ja eine Überraschung!"

„Ja, sollte es auch sein, Maja." Markus lässt sich – dieses Mal überhaupt nicht schüchtern - in einem der Gartensessel nieder. Fummelt am Knopf seiner Jeans-Jacke herum. Blickt interessiert in den Garten. Fixiert dann den Knopf.

Gespannt beobachtet Maja ihn. Was er ihr heute wohl sagen wird? Leicht scheint's ihm nicht zu fallen.

Schließlich steht er auf. Beginnt zu sprechen. Das Gesicht dem Garten zugewandt:

„Maja, ich hab neulich, als ich hier war, was zu dir gesagt – das ist nicht mehr so. Das stimmt nicht. Nicht mehr." Und da Maja nichts erwidert, dreht er sich zu ihr um und fragt: „Du weißt, was ich meine?"

„Ich nehme an, du meinst deine Liebeserklärung", sagt Maja trocken.

Markus lächelt – nun doch ein wenig verlegen - und nickt. Wie sie das ausdrückt – Liebeserklärung. Na ja, war's ja eigentlich auch. Was denn sonst?

„Ja, das meine ich. Ich weiß gar nicht, warum

ich das gesagt habe. Ich hab ja gemerkt, dass du nicht dasselbe für mich empfindest, was ich für dich – empfunden habe. Dass ich für dich ein prima Kumpel bin. Aber mehr auch nicht. Auf deiner Geburtstagsfeier hab ich dann gesehen, wie du mit Sven umgegangen bist – und er mit dir. Und da hab ich gewusst, keine Chance. Ich hab keine Chance. Und dann ist mir plötzlich aufgefallen, was Karen für ein hübsches und nettes Mädchen ist - -"

„Aber das ist ja super!", unterbricht ihn Maja. „Ich glaube nämlich, dass Karen in dich verliebt ist. So wie sie immer von dir spricht. Sie hat mir Vorwürfe gemacht, dass ich dich schlecht behandle. Und sie hat ja Recht. Am Geburtstag war ich sicher nicht nett zu dir. Die ganze Zeit hab ich nur Augen für Sven gehabt. Es tut mir auch Leid. Aber Sven war so lieb, das hat mich völlig umgehauen. An dem Tag wollte ich ihn einfach ganz für mich haben."

„Du hast dich in ihn verliebt? Auf deiner Geburtstagsfeier?"

„Ja, da hat es mich erwischt. Auf meiner Geburtstagsfeier."

„Ist er danach noch mal hier gewesen?", fragt Markus.

„Fast jeden Tag." Maja strahlt.

„Er hat mich gestern gefragt, wie wir zueinander stehen. Ob wir sehr eng befreundet sind."

Jetzt lacht Maja, laut und befreit. Und als Markus sie irritiert ansieht, erklärt sie: „Das ist echt witzig. Mich hat er das nämlich auch gefragt. Vor einigen Tagen. – Und? Was hast du ihm geantwortet?"

„Dass ich mit Karen zusammen bin", antwortet Markus mit fester Stimme, obwohl ihm die Sache eigentlich ein wenig peinlich ist. Wird Maja nicht denken: ein bisschen schnell, dieser Wechsel? Aber Maja zeigt ihr hinreißendes Lächeln. Findet anscheinend nichts dabei.

„Da bin ich aber richtig froh, dass ihr beide jetzt ein Paar seid. Dann brauch ich ja kein schlechtes Gewissen mehr zu haben. Weder vor dir noch vor Karen."

„Wieso schlechtes Gewissen?" Markus versteht nicht.

„Na, vor dir, weil ich dich schlecht behandle. Wo du mich doch so magst – wie Karen meinte. Und vor Karen, dass ich ihr den Jungen wegschnappe, den sie heimlich liebt."

„Ich bin auch erleichtert, Maja, das kannst du mir glauben. Ich hatte befürchtet, dass du sauer auf mich sein würdest."

„Sauer? Wieso sauer?" Jetzt versteht Maja nicht.

„Weil ich dir erst ein großes Liebesgeständnis mache und dann, kurze Zeit später zu dir komme und erkläre, dass ich mich in deine Freundin verliebt habe."

„Ach was! Ist doch Klasse, wie sich jetzt alles entwickelt hat. Fast wie in einer Liebeskomödie. Im Theater. Du weißt, Markus, dass ich dich sehr gern habe. Immer noch. Aber verliebt bin ich nicht in dich. Ein bisschen war ich's mal. Aber dann ist Sven dazwischengekommen."

43.

„Weißt du, wer gestern bei mir war?", flüstert Maja ihrer Freundin Karen noch zu, als Frau Siegert schon den Raum betritt.

Karen schüttelt den Kopf. „Wer denn?", fragt sie zurück.

„Das erzähl ich dir in der Pause."

Gemein, mich so auf die Folter zu spannen! Karen kann sich in dieser Stunde unmöglich auf den Unterricht konzentrieren. Auch wenn Frau Siegert ihn noch so interessant gestaltet.

Als das Läuten endlich – endlich den Schluss der Stunde verkündet, sieht Karen die Freundin erwartungsvoll an. Aber die lässt sich Zeit. Packt in aller Seelenruhe Bücher in die Tasche. Holt andere heraus.

„Nun red' schon, Maja! Mach's nicht so spannend! Wer war gestern bei dir?"

„Markus."

„Markus?" Ein kleiner Stich, mitten ins Herz.

„Was wollte der denn?" Wird er jetzt wieder was mit Maja anfangen? War das alles nur Theater – das Gespräch an der Wasserburg, die Zärtlichkeiten der letzten Tage? Oder will er sich gar beide krallen?

„Er hat mir gesagt, dass er nicht verliebt ist in mich und dass er jetzt mit dir zusammen ist."

Karen schluckt. Und schluckt. Dass Markus das Maja so knallhart ins Gesicht gesagt hat! Es klingt fast nach Betrug: Der Freund schnappt sich die beste Freundin der Freundin.

„Und du?", fragt Karen vorsichtig, „was hast du dazu gesagt?"

„Ich hab gesagt, dass ich das super finde, dass ihr beide zusammen seid. Weil ich sowieso den Eindruck hatte, dass du voll verknallt in Markus bist."

„Das hast du ihm gesagt?!"
„Ja, warum denn nicht. Wenn ihr jetzt eh zusammen seid, kann er das doch ruhig wissen."

„Und du bist mir nicht böse, Maja?"

„Böse? Warum sollte ich dir böse sein?"

„Weil - - weil es so aussehen könnte – die beste Freundin krallt sich den Freund der Freundin. Markus war doch mal sehr verliebt in dich. Und du doch auch in ihn."

„Nein, Karen, richtig verliebt in ihn war ich nie. Das habe ich gemerkt, als ich mich Hals über Kopf in Sven verliebt habe. Du hast mir das ja erst übelgenommen, weil du dachtest, ich verletze Markus. Vielleicht war das auch so." Maja lacht kurz auf und sieht der Freundin gerade in die Augen. „Er lag dir damals schon sehr am Herzen, nicht? - Aber ich konnte nicht anders. Ich hab ja versucht, dir das zu erklären, aber du hast es nicht verstanden. Jetzt verstehst du es, oder?"

„Ja, Maja. Und wir sind weiter Freundinnen?"

„Aber klar doch! Wieso denn nicht? Es ist doch alles optimal gelaufen."
„Du und Sven - hat Sven dir gesagt, dass er ... Ich meine, seid ihr jetzt richtig zusammen?"

„Nein, noch nicht. Aber ich glaube, das wird nicht mehr lange dauern."

44.

„Ich komm heute Nachmittag vorbei. Ist das okay, Maja?"

Maja schaut auf. Das Herz macht einen Satz. Sven steht vor ihr.

Und dann ist ‚heute Nachmittag'.

Wann wird er kommen? Auf eine bestimmte Uhrzeit hat er sich nicht festgelegt. Ich sitze hier und warte. Lausche auf jedes Geräusch. Lauere auf das Läuten an der Tür. Wirklich blöd! Eigentlich ist doch alles klar, oder? Karen liebt Markus, Markus liebt Karen, ich liebe Sven und Sven - - -

So richtig was gesagt hat er noch nicht. Es sieht zwar danach aus, dass er genauso fühlt wie ich. Er hat ja Markus extra ausgequetscht. Aber ... Werde ich nachher schlauer sein?

„Maja, Sven ist da", ruft die Mutter vom Flur her.

Wieso? Es hat doch gar nicht geläutet. Aber vielleicht war die Mutter ja gerade an der Haustür.

„Hi, Maja!" Sven steht vor ihr. Oh Mann, wie groß er ist! Und ich hier so klein im Rollstuhl. Maja zeigt ihr bezauberndes Lächeln.

Allein schon wegen dieses Lächelns muss man sich in sie verlieben, denkt Sven.

Er setzt sich, will auf gleicher Höhe mit ihr reden: „Maja, ich habe mit Markus gesprochen, er hat gesagt ...\"

„Ja, ich weiß", unterbricht ihn Maja, „er war hier."

„Er hat dir von unserem Gespräch berichtet?"

„Ja."

„Alles?"

„Ich weiß nicht, ob das alles war. Er hat mir erzählt, dass du ihn gefragt hättest, ob wir, Markus und ich, zusammen wären. Und er hätte dir versichert, dass Karen jetzt seine Freundin ist."

„Mehr hat er nicht erzählt?"

„Nein."

Atemlose Stille macht den Raum eng. Keiner wagt etwas zu sagen. Bis das Schweigen unerträglich wird.

Sven sieht Maja in die Augen – oh Mann, wie lieb er mich anguckt! – und sagt:

„Maja, ich will dir etwas sagen, ich ..."

„Ich dich auch, Sven!"

Sven springt auf. Beugt sich zu Maja hinunter. Umarmt sie. Ganz fest. Lässt sie nicht mehr los. Küssen wär schön, aber das hat noch Zeit. Schließlich löst sich Maja aus der Umarmung und lacht: „Mach mal Pause, Sven. Ich bekomme ja keine Luft mehr!"

Direkt vor Maja faltet Sven seine langen Beine zum Schneidersitz und lässt sich zu ihren Füßen nieder. Mit strahlendem Lächeln schaut er zu ihr hoch.

„Ich bin so happy, Maja! Ich könnte, ich könnte ... ach, ich weiß nicht, was ich könnte. Ich freu mich einfach so!"

„Ich bin auch total glücklich, Sven. Ich war mir

nicht sicher, ob du mich magst."

„Du warst dir nicht sicher? Ich dachte, ich hätte dir das ganz deutlich gezeigt. Viel zu deutlich. Denn es sah doch so aus, als ob du mit Markus liiert wärst."

„Ich war nie mit Markus liiert. Ich hab ihn gern. Immer noch. Er ist echt ein lieber Kerl. Ein Klasse-Kumpel. Verliebt in ihn war ich nicht. Nicht wirklich."

„Ja, das hat Markus auch schon gemeint. Aber du hast meine Frage nicht beantwortet. Wieso gab es für dich Zweifel an meinen Gefühlen?"

Eigentlich möchte Maja das Thema meiden. Im Moment jedenfalls. Später kann man vielleicht mal drüber reden. Eigentlich möchte sie jetzt nur glücklich sein. Aber Sven wird keine Ruhe geben. Nicht locker lassen. Bis er eine Antwort hat. Und wenn sie es recht bedenkt – kneifen gilt nicht, so einiges muss noch geklärt werden.

„In der letzten Zeit – ganz genau: seit meiner Geburtstagsfeier - warst du sehr lieb zu mir, und ich hab schon vermutet, dass da ein bisschen mehr ist als nur Freundschaft. Aber, Sven, es hat auch eine andere Zeit gegeben. Kannst du dich noch erinnern, wie du mich behandelt hast, als ich in die Klasse kam?"

Während Maja spricht, hat Sven den Kopf gesenkt. Ja, sehr gut kann er sich erinnern, wie er sich ihr gegenüber verhalten hat. Der Tritt gegen den Rollstuhl. Die verbalen Attacken. Das Drohgehabe. Er sitzt vor Maja auf dem Boden. Schämt sich. Sehr. Und denkt daran, dass ihm irgendwann auf der Strecke, er weiß gar nicht mehr, wann genau das war, dass ihm da aufgefallen ist, wie hübsch dieses Mädchen ist. Und wie mutig und unerschrocken. Und wie fröhlich. Obwohl sie doch im Rollstuhl sitzt. Ganz allmählich haben sich sein Hass und seine Ablehnung in Achtung, fast so etwas wie Bewunderung verwandelt. Und dann, als Maja ihm die Einladung zu ihrer Geburtstagsfeier überreichte, war er total überrascht, hat sich wahnsinnig gefreut. Da hat er schon keine Wut mehr in sich gehabt.

Svens Stimme ist heiser: „Ich hab befürchtet, dass du darüber sprechen wirst."

„Ja, Sven, weil ich wissen will, wissen muss, warum. Ich hab's nicht verstanden. Du warst richtig gemein zu mir. Obwohl du mich gar nicht kanntest. Und ich hatte dir nichts getan. Warum also dieser Hass?"

„Ich kann es dir nicht erklären. Ich weiß selbst nicht, warum. Vielleicht wegen Lisa. Ich hab dir von ihr erzählt. Sie nervt manchmal. Dann bin ich wütend, dass ich so eine Schwester habe. Aber so blöd, wie alle meinen, ist sie gar nicht. Das hab ich inzwischen festgestellt. – Und dann war da noch die Clique bei uns in der Siedlung. Einige von den Jungs haben die anderen heißgemacht. Du hast ja mitgekriegt, was mit dem behinderten jungen Mann passiert ist. Das haben ein paar Jungs aus der Clique verbockt. Die sitzen jetzt im Knast. – Versteh mich nicht falsch, Maja, das soll keine Entschuldigung sein. Nur eine Erklärung. Der Versuch einer Erklärung."

„Und was hat deine Meinung geändert?"

„Auch das weiß ich nicht so genau. Ich glaube, es hat mir imponiert, wie du mit deiner Situation fertig wirst. Wie selbständig du bist. Dass du dich nicht hast einschüchtern lassen. Weder von mir noch von der Clique. Du bist immer gut drauf. Obwohl du im Rollstuhl sitzt. Ich hab dich nie rumzicken gesehen. Das fand ich alles

ziemlich cool. Zuerst wollte ich es mir nicht ein-
gestehen, dass ich begann, dich zu mögen. Aber
es war so. Ich konnte nichts dagegen tun."

„Und du bist sicher, dass die - - die – die Zunei-
gung nicht eines Tages wieder in Hass um-
schlägt?"

„Ganz sicher, Maja. Hundert pro."

„Du vergisst den Rollstuhl."

„Nein, den vergess' ich nicht – obwohl man ihn
bei dir manchmal vergessen könnte."

„Trotzdem habe ich ein bisschen Angst, Sven.
Mit dem Rollstuhl ist alles so kompliziert. Alles.
Auch das. Du weißt schon, was ich meine?"

„Ja, ich weiß, was du meinst. Hast du eigentlich
schon mal einen Freund gehabt, so mit allem
Drum und Dran?"

„Ja, das war aber vor dem Unfall. Und auch
noch nicht so ganz richtig. Jetzt habe ich einfach
Angst, dass du es bald leid bist, deine Freundin
im Rollstuhl mitzuschleppen. Und *das*, du weißt
schon, das wird auch nicht einfach."

Sven nimmt Majas Hände und sieht ihr fest in die Augen. „Bitte mach dir keine Sorgen, Maja. Ich liebe dich. Wirklich. Wir werden Wege finden, um alle Probleme zu lösen. Das versprech' ich dir. Bitte, vertrau mir!"

Ja, ich glaube dir, denkt Maja, denn ich will dir einfach glauben. So lieb, wie du mich anschaust - - das ist ehrlich gemeint. Du liebst mich. In diesem Augenblick jedenfalls. Und sicher auch noch eine Weile. Aber es gibt auch hübsche Mädchen, die nicht im Rollstuhl sitzen. Mit denen ist alles unkompliziert. Wie wirst du dich entscheiden, wenn dir so ein Mädchen über den Weg läuft. Und dir den Kopf verdrehen möchte ...?

In die düsteren Gedanken drängt sich Svens Stimme: „Was hältst du davon, Maja, wenn wir am Samstag ins Kino gehen – zu viert?"